A través del bosque

Laura Alcoba

A través del bosque

Traducción del francés de Eduardo Berti

ALFAGUARA

Papel certificado por el Forest Stewardship Council®

Título original: *Par la forêt*
Primera edición en castellano: abril de 2023

© 2022, Éditions Gallimard, Paris
© 2023, Penguin Random House Grupo Editorial, S.A.U.
Travessera de Gràcia, 47-49. 08021 Barcelona
© 2023, Eduardo Berti, por la traducción

Printed in Spain – Impreso en España

ISBN: 978-84-204-6789-4
Depósito legal: B-2805-2023

Compuesto en MT Color & Diseño, S. L.
Impreso en EGEDSA, Sabadell (Barcelona)

A L 6 7 8 9 4

I

... algo así como esos círculos del purgatorio de Dante, inmovilizados en un único recuerdo y donde los actos de la vida pasada se rehacen en un centro más estrecho.

GÉRARD DE NERVAL, «Chantilly»,
en *Paseos y recuerdos*

Claudio

Ese día, Claudio no escuchó a Griselda.

Fue una de las primeras cosas que él le dijo a la abogada. Y nuevamente, un año y medio más tarde, cuando se celebró el juicio, fue una de las primeras cosas que declaró Claudio: que ese día, cuando Griselda lo llamó, él no le prestó atención.

Sin embargo, Claudio había ido a buscarla antes de finalizar el trabajo: volver a pintar un aula en uno de los edificios del liceo donde vivían. Había abandonado de pronto las tareas. Y había descubierto a los tres, en la penumbra, en el fondo de la conserjería.

*

Claudio aún recuerda ese día y se ve, pocas horas antes, en cuclillas frente a una pared enorme. Daba la última mano de pintura, esperaba terminar antes de que fuera de noche. Cuando Griselda lo llamó desde el umbral de la puerta, él aplastaba el rodillo contra la pintura verde.

Desde el marco de la puerta, Griselda le dijo que no se sentía bien. Le habló en español, las palabras que pronunció fueron: «*No me siento bien, Claudio, vení*».*

---

* Todos los textos en cursiva aparecen en castellano en el original. *(N. del T.)*.

Él giró levemente la cabeza.

Flavia estaba aún en la escuela, los niños sin duda dormían la siesta. ¿Qué necesitaba Griselda?

Todavía en cuclillas y molesto de antemano, se limitó a echarle una mirada furtiva por encima del hombro. Ese maquillaje, carajo... Desde hacía unos cuantos días, Griselda se maquillaba demasiado. Cada mañana se ponía una máscara sobre el rostro.

Se incorporó y fue a recargar el rodillo, después retrocedió unos pasos y admiró en su conjunto la pared verde pistacho. O verde intenso, más bien. La víspera, la maestra de artes plásticas había pasado para ver el avance de las obras en el aula que ella pronto ocuparía. «Pero esto es más que pistacho —se había asombrado—. Es casi un verde manzana. Claudio, ¿de dónde sacó este color?». Dicho esto, la maestra se había reído, divertida. Aunque jamás lo habría expresado en voz alta, tenía que reconocer que ese color no estaba mal, nada, nada mal. Para los marcos de las puertas y de las ventanas, Claudio había optado por un ciruela oscuro, un tono que le había costado conseguir, pero que a fuerza de ensayos y de mezclas resultaba finalmente tan intenso como ese color que él había imaginado al descubrir la sala gris que le tocaba pintar. En materia de colores, Claudio siempre sabía lo que deseaba. Al principio, las ideas que proponía parecían estrafalarias, pero una vez en marcha eran satisfactorias, todos quedaban contentos.

Griselda permaneció inmóvil ese día, en el umbral de la puerta, alumbrada por la luz pálida de la gran ventana que se recortaba frente a ella. A sus espaldas, el pasillo estaba cubierto de sombras y, por esto mismo, pese a la blancura desvaída de la luz del mes de diciembre, tan solo se la veía a ella, como cuando algún actor, en una oscura sala de teatro, aparece de golpe, solo, en el fondo del escenario.

Desde el marco de la puerta, ella repitió sus palabras. *No me siento bien.*

Los ojos de Claudio recorrieron velozmente sus piernas y sus pechos, pero esta vez no se detuvieron en la cara de Griselda. No quería ver de nuevo sus labios ni sus mejillas ni sus párpados, tanto o más recargados que los marcos de las ventanas. Estaba bien pintar así alguna pared, pero una cara, como lo hacía Griselda, era realmente insoportable.

Entonces, ofreciéndole la espalda, le respondió bruscamente. Quería que ella se marchara, que volviese a la conserjería. Quería que su rostro pintarrajeado no ocupara más el umbral de la puerta.

Claudio le pidió a Griselda que se fuera.

Pero más que eso, en verdad.

Se lo dijo a la abogada cuando entre los dos trataron de reconstruir la forma en que se habían producido los hechos. Ese día, Claudio la había mandado al diablo. En el exacto momento en que sus ojos iban a posarse otra vez en la máscara que Griselda exhibía a modo de rostro, él había sentido que en su interior crecía una rabia inmensa, había girado la cabeza bruscamente y había exclamado algo como «fuera de aquí, carajo». Sí, lo que él le había dicho a Griselda ese día, en español, había sido parecido. Como un portazo en la cara.

¿En qué momento volvió a la memoria de Claudio la voz resquebrajada de Griselda? ¿En qué momento volvió a pensar, por primera vez, en su rostro lleno de maquillaje, en el fondo de la escena, en esa máscara que lo llamaba? ¿Fue solamente más tarde, cuando quiso reconstruir esa jornada? ¿O quizá fue ese mismo día, mientras se aprestaba por fin a unirse a ella, a reencontrarla en la otra punta del patio escolar?

Claudio sabe que, de repente, horas después de que Griselda se marchara, él salió del aula que estaba pintando y estiró el paso en dirección a la conserjería que ellos utilizaban como vivienda. Atravesó el patio vacío. Casi todos los alumnos del liceo ya habían partido, las luces seguían encendidas tan solo en dos o tres aulas. Era de tarde y, no obstante, como se acercaba el invierno, era ya un poco de noche.

Claudio no necesitó buscar la llave en el bolsillo de su abrigo. A pesar del frío, la puerta estaba abierta.

La luz de la conserjería estaba apagada y todo era silencio en el interior.

Claudio recuerda que llamó a Griselda y, después, a sus hijos. Muchas veces.

En la penumbra, vio que su aliento se congelaba y formaba dos pequeñas nubes blancas.

Luego, en el fondo de la oscura habitación, los vislumbró.

*

Claudio llevaba más de seis años viviendo ahí con Griselda y sus tres hijos.

Una planta baja de cara a un gran patio donde los alumnos pasaban los recreos. El patio se llenaba entonces de risas y de gritos. También la conserjería, claro. A la hora de los recreos, ellos apenas lograban escucharse si se ponían a conversar. El resto del tiempo, en cambio, el lugar era excepcionalmente calmo. Más allá de los bancos, en el fondo del patio, había un pequeño jardín cerrado que ambos cuidaban con esmero desde que trabajaban como encargados en el liceo T. Una reja rodeaba el jardincito, los alumnos no podían entrar allí. Parecía una plaza en miniatura, exclusiva para ellos dos. Claudio había plantado ahí varios rosales. Incluso había instalado un huerto en un rincón del jardín, contra la reja. Tal vez no fueran más que los encargados del liceo T., pero este jardín era suyo. Su jardín.

Sí, Claudio cree que ese viernes, por un instante, él volvió a pensar en el rostro de Griselda, que acababa de aparecer en el umbral. De lo contrario, ¿por qué se fue de repente?

Claudio pintaba, en cuclillas, el marco de una puerta. Ya estaba casi lista la última mano, era cuestión de minutos. Y, sin embargo, se había incorporado de golpe, había limpiado su brocha con un gesto automático, se había quitado el overol y se había vuelto a vestir. Se marchó con la labor casi cumplida, aunque no del todo. Y alargando el paso.

A pesar del frío, la puerta de la conserjería estaba abierta.

La luz estaba apagada y todo era silencio en el interior.

Claudio recuerda que llamó a Griselda y que gritó después el nombre de sus hijos.

Luego, en el fondo de la oscura habitación, los vislumbró.

Griselda estaba en el suelo, entre el sillón y la mesa, más o menos de rodillas, con la cabeza hacia abajo. Los niños yacían de espaldas sobre el sillón. Los almohadones, que habitualmente servían para apoyarse contra la pared, cubrían ahora sus cabezas. Los niños, uno junto al otro, llevaban sus batas blancas. Los cinturones de esponja, atados con sumo cuidado a la altura de las caderas, formaban dos lazos perfectamente idénticos y regulares.

En ese momento, Claudio vio el agua.

A pesar de la oscuridad, distinguió dos grandes aureolas bajo el pelo de sus hijos y extendió enseguida una mano. Los almohadones, que servían ahora de almohada, estaban húmedos y fríos.

Agachándose, Claudio tomó a Griselda por los hombros. También ella estaba empapada. Tres náufragos, se habría dicho. Claudio sacudió a Griselda, que parecía dormir profundamente. La sacudió una vez más y su cabeza se movió en todas direcciones, como si él tuviera entre sus manos una muñeca de trapo. Repitió el nombre de ella. Probablemente gritó.

Griselda abrió al fin los ojos, mirándolo sin decir nada, como si no lo reconociera desde el fondo de esos polvos y esos rubores ahora esparcidos por todo su rostro. Entonces, Claudio salió de la conserjería. Aún ignora cómo hizo para dar todos esos pasos. Ya en el patio, se cruzó con un hombre al que siempre veía cargando unas carpetas bajo el brazo. Pero el hombre no entendió lo que Claudio le decía, tan solo percibió su miedo. El hombre entró en la habitación. Fue él quien llamó a la ambulancia. Poco después llegaron los primeros auxilios.

Claudio recuerda todavía el sonido metálico de los cascos y las botas en medio del patio.

Los bomberos intentaron revivir a Boris. En el caso de Sacha, era demasiado tarde.
Ya había caído la noche cuando llegó la policía. Era noche cerrada desde hacía un buen rato.

Flavia

Noviembre de 2018, en Le Bûcheron

Quedaba lejos, claro que sí. Muy lejos.

Era el 1 de noviembre de 2018 y los recuerdos que evocaba Flavia se remontaban a diciembre de 1984. En esos tiempos, apenas tenía seis años.

—... y acabo de cumplir cuarenta.

Flavia soltó la frase con una sonrisa, divertida. Con perplejidad, también. Como si los cuarenta años que había cumplido pocas semanas antes la sorprendiesen aún. Como si dudara, incluso, de que le hubiera ocurrido algo así.

Yo estaba al tanto de que Flavia acababa de cumplir cuarenta años. Llevaba varios meses investigando. O más tiempo, ahora que lo pienso. En todo caso, en mi cuaderno había apuntado hacía rato las fechas de nacimiento de unos y otros, incluida la de ella.

Sin embargo, cuando nos dimos cita en Le Bûcheron, un café con nombre de leñador situado en el barrio parisino de Saint-Paul, me costó mucho creerlo. ¡Cuarenta años! Con sus grandes ojos negros, con su cara tersa y luminosa, Flavia parecía diez años menor. O mucho menos, a decir verdad. Llevaba suelto su pelo lacio y castaño. Todo en ella hacía pensar en una juventud que no necesita disfrazarse. Pequeña y delgada, con sus vaqueros rectos y sus zapatos bajos, tenía el aspecto de una adolescente

—En fin, ya ves... Así y todo, he cumplido cuarenta años...

Flavia tenía apenas seis años cuando había ocurrido el hecho del que ella y yo estábamos conversando. Quedaba muy lejos, sí.

Muchas cosas le parecían hoy borrosas o irreales, como ocurre con los recuerdos muy antiguos, a los que el tiempo siempre acaba confiriendo un aire de ficción.

Flavia tenía, sin embargo, algunas certezas.

En primer lugar, aquello había sucedido un viernes.

El viernes 14 de diciembre de 1984, para más precisión.

Recordaba la fecha exacta porque la había visto más tarde en la libreta de familia de sus padres, junto al nombre de sus hermanos. Su memoria le decía que aquel 14 de diciembre de 1984 había caído un día viernes. Inútil verificarlo en un calendario, ella estaba muy segura.

Hacía tres meses, más o menos, que cursaba primer grado. Hacía pocas semanas, quizá, había aprendido a leer. Griselda se acuerda bien: un día, la tarea de descifrar había dejado de ser laboriosa; de pronto no veía letras, sino palabras y hasta fragmentos de frases que era capaz de entender. Poco antes de ese viernes, las palabras le habían entrado por los ojos y se había sentido orgullosa de ello.

—¿Es posible que tengas otros recuerdos de aquel viernes, de ese día en particular?

Sí, claro que los tenía.

Flavia conocía mi intención de escribir un libro acerca de estos hechos y estaba dispuesta a entregarme todo lo que atesoraba su memoria. Por el bien de mi libro y por el bien suyo, más aún, quería hablarme de ese día.

Así dijo Flavia: «Ese día».

Ella también había pensado mucho en ello durante los últimos meses. Que yo apareciera de golpe y le hiciera tantas preguntas era una extraña coincidencia, pero este encuentro conmigo caía en un momento oportuno.

Flavia se interrumpió. Después me dijo, bajando los ojos, como desilusionada:

—Al mismo tiempo, para los demás tan solo fue una noticia policial en el periódico...

—Para mí no. No lo veo como una noticia policial. Yo los conocía a ustedes, yo quiero entender.

Flavia me clavó la mirada. Desplegó una breve sonrisa, una sonrisa como interior, y siguió hablando.

De ese día conservaba algunas imágenes. Imágenes muy exactas, como incrustadas en la memoria.

Mientras Flavia hablaba, yo tomaba apuntes en el cuaderno abierto entre ella y yo, sobre la mesa del café.

Algunos de sus recuerdos se parecían a los fragmentos de una foto despedazada, de la que Flavia había recuperado ciertas partes. Unos trozos de siluetas, unos simples detalles que alguien (ella o su memoria) parecía haber pegado sobre un fondo luminoso.

Era muy posible, de hecho, que su memoria haya trabajado sin tregua desde aquel viernes, a sabiendas de lo que tenía que hacer. Atesorar esos pequeños fragmentos para más tarde, cuando fuera capaz de unirlos. Observarlos, simplemente. A lo mejor, su memoria lo había archivado todo para este momento: para su cuadragésimo cumpleaños.

Cuatro recuerdos de ese día
que su memoria ha resaltado

Eran tan solo unas pocas imágenes.

Sin embargo, su memoria se había ocupado de resaltarlas, como si hubiese utilizado una especie de Stabilo Boss incoloro y extremadamente brillante. Una manera de decirle: «Acá están, ¿ves? Las voy a conservar, no te preocupes. Sugiero que te ocupes de lo restante. En lo que respecta a esta historia, ya verás cuando seas más grande. Mientras tanto, he recopilado todo».

Algunas de estas imágenes, Flavia las veía en acción. Como extractos minúsculos de alguna película que hubiera desaparecido o que ella no lograba localizar.

Cuando las imágenes se presentaban de este modo, conformaban secuencias de pocos segundos. Pero tenían algo en común con las imágenes fijas que también había en su mente y que parecían instantáneas fotográficas: era como si su memoria las hubiese mantenido separadas trazando un rastro luminoso a su alrededor.

—Por eso hablamos de flashes, sin duda. Todas estas imágenes que aparecen como recortadas sobre un fondo resplandeciente corresponden a ese día, lo sé muy bien. ¿Ves lo que quiero decir?

Sí. Comprendía a la perfección lo que deseaba contarme, el motivo por el cual ella podía estar segura de que estas imágenes correspondían, en efecto, a ese día de diciembre de 1984.

Era un asunto de intensidad, de luz. Su memoria, al resaltar estas imágenes, las había autenticado. Como estampándoles un sello luminoso. O como colocándolas sobre una placa radiactiva.

Las imágenes:

El padre ha ido a trabajar y la madre está dormida. Por eso Flavia subió a la litera, que sus padres llamaban *mezzanina*. En este primer recuerdo, se ve a sí misma frente a su madre, que continúa en la cama, oculta bajo unas mantas gruesas y al menos dos edredones. Porque hace mucho frío esa mañana. Desde hace varias semanas, las temperaturas son extremadamente bajas, no solo en París, no solo en Francia. «Una ola de frío afecta a toda Europa», repiten sin cesar en la televisión. En la litera donde duermen sus padres el aire es glacial, más que en la cocina de abajo; por cierto, en cuanto uno abre la boca, el aliento congelado se convierte en una columna de niebla. Como su madre se ha cubierto con todo lo que había a mano, lo que Flavia tiene ahora ante sus ojos no se parece a una madre, sino más bien a un caparazón de tela y lana bajo el que se adivina una cabeza.

La mañana de ese día, su madre es como una inmensa tortuga dormida.

Flavia se ve a sí misma de pie, frente a la cama de sus padres, tamborileando contra las frazadas para tratar de sacudir el cuerpo que duerme bajo ellas: «Arriba, mamá. Es hora de ir a la escuela. ¿Me estás prestando atención? ¡Voy a llegar tarde, mamá!». Le cuesta mucho despertar a su madre, se acuerda a la perfección. Le cuesta muchísimo. La madre permanece inmóvil dentro del caparazón, mientras las palabras de su pequeña hija se diluyen en el vapor blanco que emana de su boca. En un momento, Flavia se dice que su madre ya no despertará, que quedará atrapada para siempre bajo el espesor de la lana. En su recuerdo no ve a sus hermanos. Pero percibe los aullidos de uno de ellos. Tal vez es Boris, el menor de los dos, a quien aún hoy oye gritar en la banda sonora de estas imágenes. Sin embargo, no está segura, tal vez sea la voz de Sacha. Poco importa: en sus recuerdos, sus dos hermanos aparecen siempre juntos, como mellizos. Así que, mientras ve la imagen de la mamá tortuga, oye los gritos de uno u otro. O, a lo mejor, las voces de sus hermanos se funden en la *mezzanina* y no conforman más que un grito que llega a oídos de Flavia, plantada frente a su madre dormida.

*

Flavia, después, ve una secuencia que se congela en una imagen extraña. Es el mismo día, el de la mamá tortuga; ninguna duda al respecto, es otro de los detalles que resaltó su memoria. Ahora Flavia está en la escuela. Una cabeza asoma detrás de la mampara de cristal en la parte superior de la puerta. Una cabeza inmóvil y casi pegada al vidrio. La aparición es curiosa y Flavia se ha sobresaltado. Ella lo sabe, es la cabeza de su padre. De su padre, que no tendría que estar ahí. No es el lugar ni la hora para los padres. La campana no sonó aún y, además de esto, los padres esperan afuera, en la calle. No obstante, la cabeza está ahí: al otro lado de la puerta. De pronto, la boca de su padre se abre de par en par; sus ojos se convierten en dos discos, abandonan su rostro, desaparecen. Y Flavia ya no ve los rasgos de él. Para nada. En el presente, en su memoria, solo ve un óvalo tras el movimiento de sus ojos desorbitados,

el contorno luminoso de la cabeza de su padre, pero sin ojos, sin boca, sin nariz.

Sin pelo tampoco. Como esas siluetas que suele haber en los libros de ejercicios escolares y que hay que completar. Pero esto no es un ejercicio ni una página arrancada de un cuaderno. La imagen detrás del vidrio es de su padre. De verdad, en carne y hueso. Salvo que no hay nada en el lugar de su rostro. Quizá sea la luz excesiva que acompaña a este recuerdo lo que le impide discernir los rasgos. La memoria de Flavia los ha borrado al subrayar la aparición de su padre al otro lado de la puerta. La boca abierta y los discos de sus ojos desorbitados siguen allí, le parece, tras esa luz fulminante. Así es el segundo recuerdo.

*

Y existe también este otro.

Flavia está en la escuela aún. El día ha finalizado, todos los otros alumnos ya volvieron a sus casas. Todos los alumnos, excepto ella. La maestra insistió ese día para que saliera más tarde. «Flavia, vas a quedarte conmigo». La maestra le explica que debe permanecer después de clase porque no ha entendido bien la lección de Matemáticas, será mejor que repasen juntas uno de los ejercicios de la mañana, el de las sumas de los caramelos. La maestra, en esta escena, se ha sentado junto a ella y le habla con su voz dulce y clara, una voz que perdura aún en los oídos de Flavia. Ese día, sin embargo, la maestra parece rara. Habla con su voz de siempre, con su voz amable y firme, pero en este tercer recuerdo su rostro parece, además, bajo cerrojo. Sus ojos, en primer lugar. Como si la maestra los hubiera cubierto con un velo. Ese día, ahora que todos los alumnos se han marchado y que Flavia es la única que está ahí con ella, sus ojos son menos claros que de costumbre. Flavia logra verlo con facilidad: de pronto, la voz y los ojos de la maestra no combinan como antes. ¿Lo que tiene a la maestra en un estado semejante es la lección de Matemáticas que se cree obligada a repetir exclusivamente para Flavia? ¿Está enojada, quizá? Flavia se ve a sí misma ese día, rehaciendo a mano uno de los ejercicios de la mañana, al lado de la maestra. Se esmera todo lo que puede: aprecia mucho a su maestra, le gustaría demostrarle que ha entendido, tranquilizarla. De hecho, resuelve el ejercicio de inmediato, en un primer intento: Flavia está segura de ello, el resultado es correcto en su cuaderno borrador. Pero la maestra se empecina en no dejarla partir. Le dice: «Claro, de acuerdo, pero ¿si acá hubiera un 5? ¿Y un 2, en lugar de un 3?». Cambia, con una goma gruesa, los números y las cosas en el cuaderno de Flavia, cinco caramelos son ahora tres muñecas y después serán dos trapos. La maestra le pide que haga más sumas, dos o tres más, y concibe para Flavia «otros problemas», así dice. Pero Flavia ve que, en el fondo, es más o menos siempre el mismo asunto.

«Y ahora, maestra, ¿está bien? ¿Así está bien?».

La maestra, aunque asiente con la cabeza, garabatea otros números mientras sus ojos, poco a poco, se vuelven aún más opacos. Ese día, sus ojos no combinan con su voz gentil. Se diría que, tras su velo, los ojos de la maestra están llenos de inquietud. ¿Qué ha hecho Flavia para que no le permitan salir? ¿Por qué no puede volver a casa como los demás? Hace rato ya que sonó la campana. Seguro que la esperan en la calle, en medio del frío, frente a la puerta principal de la escuela. ¿Quizá su madre ha empezado a preocuparse? En París, el aire es glacial, clava agujas en la nariz y en las orejas en cuanto se sale a la calle. Pero a Flavia no le importa tener que enfrentarse al frío, quiere salir ya mismo, ver a su madre, volver a su casa, alejarse de la maestra, de sus ojos tan extraños, a pesar de que la maestra se esfuerza para que su voz resulte delicada como de costumbre. «A ver, Flavia, ahora este ejercicio...». Flavia se ahoga, no puede más, quiere irse. Aunque una ola de frío atraviesa toda Europa, aunque digan en la tele que las temperaturas son «históricamente bajas», la maestra no la deja salir. Flavia siente que va a llorar o tal vez ya está llorando. Entonces, el velo que cubría a duras penas los ojos de la maestra se desgarra. Y Flavia ve una mirada llena de consternación. Dos ojos azules, inmóviles, perplejos, tan perplejos como los ojos de su padre tras el cristal. Como esos dos discos que, al fin, desaparecieron.

«Maestra», le decía ella: ni «señora» ni «señorita». Así es el tercer recuerdo.

*

Existe un cuarto recuerdo, ese mismo día, al final de todo esto, otro recuerdo resaltado por la memoria de Flavia. Son las últimas imágenes de este viernes de diciembre de 1984. Flavia se encuentra ahora en un coche de la policía, en el asiento de atrás. La mujer policía sentada al lado de ella no es simpática, para nada simpática. Tensa y severa, enfrascada en su uniforme, no le presta la más mínima atención. Así y todo, Flavia le hace una pregunta: «¿Vamos a salir en la tele?».

No, por supuesto que Flavia no quiere salir en la tele. Ni tampoco sus padres o sus hermanos; no, por favor, más vale que no salgan en la televisión.

Si aparecemos en la tele, eso querrá decir que es grave.

Esto mismo se dice Flavia, textualmente. Ella no quiere aparecer en las noticias, claro que no. Ni en los diarios ni en la tele. De solo pensarlo le arden los ojos. Y le late el corazón en el fondo de la garganta, como si hubiera abandonado su pecho para atragantarse ahí. No, por favor, ¡la tele no!

Que sigan hablando de este invierno que llegó antes de lo previsto, de la ola de frío que recorre el continente, del puerto de Cherburgo prisionero de las heladas, que hablen del hielo, la nieve y el viento, pero no de nosotros, por favor, ¡que no hablen de lo que hoy nos ha pasado! «¿Vamos a salir en la tele?». Se oye a sí misma repetir la pregunta, pero la mujer policía no le responde. O quizá sí. Puede que haya una respuesta, puede que la mujer uniformada, de rostro severo, le haya dicho algo por fin. En todo caso, no se acuerda: esta vez, la memoria debe ir muy lejos con su resaltador.

En la mente de Flavia, ahora, años después, el final de esta secuencia resulta como incandescente.

Como un fragmento de película que alguien habría sometido a un calor demasiado intenso, un fragmento de película que acabó calcinándose. Cuarta y última secuencia.

Griselda

Regreso a Le Bûcheron, diciembre de 2018.
A la manera de Jean Seberg

Poco después de mi encuentro con Flavia me di cita con su madre en el mismo café de París: Le Bûcheron. Sí, el leñador.

Una y otra llegaron pocos minutos después que yo.

Con algunas semanas de intervalo, la vi entrar en Le Bûcheron por la entrada principal, la de la calle Rivoli. Las dos cerraron la puerta con un gesto idéntico y avanzaron hacia mi mesa con un paso semejante.

Solo cuando Griselda se sentó frente a mí caí en la cuenta de que me había instalado espontáneamente en la misma mesa donde había estado con su hija a principios de noviembre, en un punto donde la extensa banqueta se interrumpe de modo brusco porque la pared dibuja una ligera curva: algo práctico, ya que, si uno se sienta en la banqueta, puede reclinarse o meter un hombro en el hueco. Por eso elijo este lugar, bajo el retrato de una mujer con rodete, siempre que tengo una cita que, intuyo, va a durar mucho. En cuanto a Griselda, acababa de sentarse en el mismo lugar que, un mes y medio antes, había ocupado Flavia. En la misma silla, sin duda. O, en todo caso, en el mismo sitio, frente a la mujer del retrato.

Semejantes coincidencias me perturbaban. Lo mismo que los parecidos físicos entre ellas dos. Una y otra tienen la misma mirada intensa, pero, mientras que el pelo de Flavia es largo hasta los hombros, el de Griselda es muy corto y le deja completamente al descubierto las orejas, las sienes y toda la frente. A la manera de Jean Seberg en esos tiempos en que la actriz llevaba el cabello al ras, los tiempos en que fue la Juana de Arco de Otto Preminger. Salvo que Griselda es morena y sus ojos son color marrón profundo, casi negros. Su hija tiene casi los mismos ojos, oscuros y sorprendentemente opacos.

Griselda pide un café y me comenta algo acerca de su pelo mientras se acaricia la nuca. «Me gusta llevarlo corto, pero esta vez la peluquera se pasó un poco de la raya, me parece...». La tranquilizo, digo que le queda bien, lo digo con sinceridad y creo, en el fondo, que Griselda está de acuerdo. Me sonríe.

En su cráneo casi desnudo busco las posibles huellas de una herida cuya existencia conozco. El lugar donde, tiempo atrás, una bala le perforó el cráneo. Quisiera hacerle un montón de preguntas, pero no sé bien cómo ni cuáles, por más que haya estado pensando bastante acerca de ello en las semanas previas a nuestra cita.

Por suerte, no necesito preguntar nada. Ella está mucho más tranquila de lo que me imaginaba. Sonríe y parece innegablemente feliz de estar aquí.

Con Griselda siempre hablamos en castellano. De igual modo que con su hija conversamos en francés. Uno y otro idioma surgieron de manera espontánea. Me pregunto en qué idioma habríamos hablado si me hubiese visto con las dos a la vez.

Saco un cuaderno y lo despliego sobre la mesa, abierto entre nosotras, pero esto no la intimida en absoluto, como tampoco la intimida mi proyecto, del que me pregunta poco y nada. Griselda parece saber que todo dependerá de los encuentros que ahora mismo estoy teniendo y, en gran medida, de lo que ella quiera revelarme, de lo que quiera ayudarme a comprender. Como también de mi capacidad de escucha.

¿Seré capaz de escucharla?

Para obtener la respuesta, tendrá que hablar. Así que, sin probar siquiera su café, Griselda empieza su relato. Y yo empiezo a tomar apuntes.

Diciembre de 1984, la nieve, la arena y la sal

Griselda se acuerda bien.

Fue ella quien se le apareció a Flavia convertida en madre tortuga. Fue ella, Griselda, a quien su hija no conseguía extraer de su caparazón de lana y algodón por más que la sacudiera en el aire helado, tamborileando contra las frazadas, allí, en aquella litera que a Claudio y a ella les servía de dormitorio. No obstante, Flavia insistía: «Arriba, mamá. Es hora de ir a la escuela. ¿Me estás prestando atención? ¡Voy a llegar tarde, mamá!».

Griselda no respondía, le dolía la cabeza horrores y ni siquiera era capaz de mover un poco los pies. Era un viernes de diciembre de 1984 y, desde hacía varias semanas, se maquillaba demasiado. Desde hacía meses, tal vez. Más tarde, ese mismo día, Griselda había aparecido con la cara toda pintada en el umbral de la puerta y le había dicho a Claudio: «No me siento bien, Claudio, vení». Sí, ella había pedido ayuda. Porque ese día era extraño, ese día todo era distinto.

Griselda se acuerda bien: hacía muchísimo frío y en la tele no se hablaba más que de eso. Era normal, se ingresaba en «un invierno histórico».

París, de pronto, se alzaba ante Griselda como una ciudad desconocida. Por más que llevaba diez años viviendo ahí. Diez años desde que había huido de Argentina y se había instalado en Francia. Pero, con toda esta nieve que no terminaba de caer, en medio de tanto frío, el menor gesto le parecía novedoso y tenía la sensación de que todo era un aprendizaje. ¿Dónde hay que poner los pies en las baldosas heladas para no partirse el alma cuando todo está congelado a tu alrededor, cuando todo se ha vuelto resbaladizo, hostil, incomprensible?

En su primer invierno como conserje había aprendido que la sal ayuda a impedir que la nieve se convierta en hielo. «Aquí están las bolsas con sal», les dijeron en el liceo donde trabajaban y residían. Griselda, por un instante, se había quedado sin reaccionar. Entonces, un individuo enviado por el liceo había abierto una de las bolsas y había procedido a hacer lo que se esperaba de ella. «La sal hay que usarla así, ¿me entiende?». Tomando el relevo, Griselda esparció la sal en el patio y en la calle, frente a la puerta del establecimiento. Sin olvidar el acceso a la conserjería que ella ocupaba con Claudio y con la pequeña Flavia, nacida en el curso de su primer otoño en el liceo T. Era importante que Griselda no cayera. Que no se resbalara cuando estaba allí con su bebé en brazos, como le ocurría a menudo contemplando desde la entrada de la conserjería el pequeño jardín en el fondo del patio. Incluso en invierno, bajo la nieve, el jardín le parecía hermoso. «No tengo que patinar, no debo caer con mi hija», se repetía Griselda en el primer invierno de Flavia. Desde la primera nieve, meses después del nacimiento de su hija. Por eso mismo, en cuanto lo había aprendido, había tomado la costumbre de echar buenas dosis de sal en el umbral de su pequeña casa. De la pequeña conserjería que les servía de vivienda.

Bajo la sal, la nieve se iba ablandando y desaparecía de a poco, a medida que la fina capa blanca que cubría el patio se iba llenando de charcos transparentes. Cada invierno, la llegada de nuevas bolsas de sal tranquilizaba a Griselda. Como un paraguas que se guarda en el fondo de algún bolso porque anunciaron tormentas. Como la red que, antes de aventurarse, el acróbata vislumbra bajo sus pies. Cuando había peligro de nieve o simplemente de escarcha, Griselda rozaba con los dedos esas bolsas de sal y se sentía más tranquila.

Esta vez, sin embargo, fue diferente. La nieve era mucho más abundante. Como siempre que nevaba, Griselda y Claudio echaron bastante sal; juntos lo hacían rápidamente, cada cual su mitad de patio, y al terminar se encontraban a la altura de la reja que daba acceso a su pequeño jardín. Pero esta vez no alcanzó. Claudio debió quitar la nieve con una pala gigante que les prestaron.

A la semana siguiente volvió a nevar todavía más.

Entonces, el mismo individuo que les había enseñado a emplear la sal pasó a decirles: «Este año,

31

como hace mucho frío, la sal no será suficiente». Y les dio unas bolsas con arena.

Así, Griselda supo lo de la arena.

Esta vez no necesitó explicaciones. Esparció la arena en el patio y en la calle, como si fuera una experta. En su mitad de patio, al menos. Claudio hizo lo mismo en la otra mitad. Muy pronto se toparon frente al pequeño jardín que había detrás de la reja, como en las plazas que se ven por todas partes en París, salvo que esta plaza era exclusiva para ellos. Luego Griselda había vuelto a la entrada de la conserjería y había volcado unos cuantos puñados suplementarios. La conserjería les resultaba ahora más pequeña, ya eran cinco, pero se habían habituado. Griselda había echado arena sobre las baldosas de la entrada y otra buena cantidad en el escalón de la puerta. Un puñado enorme en el umbral.

Sus dos hijos se resbalaban sin cesar. Incluso cuando se instalaban en la puerta y desde allí seguían su trabajo en el patio. Incluso cuando parecían tranquilos.

Boris y Sacha no tenían razones para salir de la casa. «Tranquilos, quédense ahí tranquilos —les decía ella a cada rato—. Hay mucha nieve y hace mucho frío». Desde principios de diciembre el patio se había convertido en una auténtica pista de patinaje. *No salgan, chicos, no se muevan,* les repetía Griselda. Boris y Sacha permanecían en la casa, no asomaban la nariz. El caso de Flavia era distinto. Tenía que cruzar la calle porque cursaba el primer grado en una escuela primaria que quedaba prácticamente enfrente. Los niños, en cambio, podían quedarse en la conserjería, pero así y todo su madre no los perdía de vista. Para que Griselda pudiera vigilarlos, se quedaban en el vano de la puerta; por suerte, casi todas sus tareas ocurrían allí, en el patio del liceo T., que ahora estaba todo blanco.

Salvo que los niños de tres o cuatro años son como perros salvajes.

Se sacuden, se empujan y ríen dando grandes carcajadas cuando caen. Era muy raro que estuviesen tranquilos en la puerta. El frío los excitaba enormemente, más aún con esta nieve que no acababa de volverse hielo, de endurecerse hasta, en el fondo, convertirse en otra cosa. «Tranquilos, ¡pórtense bien!», les gritaba ella desde el patio. Sus hijos la obsequiaban con dos grandes sonrisas, eso significaba que habían comprendido, y se quedaban plantados junto a la entrada. Pero, por más que se aferraran al marco de aquella puerta, a fin de cuentas Sacha y Boris se escurrían. Buscaban con las puntas de los dedos de sus pies un rincón de baldosa helada y hallaban siempre la manera de caer sentados. «Basta, ¡van a hacerse daño!», rezongaba Griselda. Con cada nueva caída, sus hijos se reían más.

Por eso había tomado precauciones especiales en el umbral. Una buena dosis de sal y después un montón de arena para evitar que sus hijos se lastimaran. Aunque Griselda sabía a la perfección que no alcanzaba con eso.

La conserjería y el jardín

Con su marido llevaban un poco más de seis años trabajando como conserjes y también como cuidadores y reparadores del liceo T., una escuela secundaria privada en el este de París. El padre Adur les había conseguido el puesto poco antes del nacimiento de Flavia. Adur era un cura revolucionario: agustino y, sin embargo, comunista. Un exiliado argentino, como ellos. Antes de que se casaran por lo civil, Adur los había casado en la capilla del liceo, en el fondo de ese patio que Griselda había visto por primera vez sin nieve ni sal ni arena. Desde que el padre Adur les había conseguido ese trabajo, lo esencial de sus vidas transcurría dentro de una escuela secundaria.

Griselda estaba muy gorda cuando se instalaron en la conserjería del liceo T., a fines del verano de 1978. Todavía recuerda su aspecto: tan cómico y extraño, ahora que lo piensa. Cuando el padre Adur los casó en la pequeña capilla, ella ingresaba en el octavo mes de su embarazo.

Flavia nació casi enseguida, después llegaron los otros dos hijos. Dos veces más, Griselda vio cómo su vientre crecía entre los contenedores de basura, los muros de la conserjería y los rosales que ella podaba no bien se iban los estudiantes. Si empezaba a sentir un pie, un codo y hasta una rodilla de la criatura que crecía en su interior, significaba que el embarazo llegaba a la fase final. Cuando su vientre se volvía estrecho para lo que contenía, cuando se deformaba hasta ser como un gran membrillo aplastado, significaba que pronto daría a luz. Así, después de Flavia habían llegado Sacha y Boris. Desde que el padre Adur les había conseguido ese trabajo, toda su vida transcurría en el interior del liceo T. Era allí donde Claudio y Griselda se amaban. Era allí donde, cada tanto, había algún cortocircuito. Era allí donde sus tres hijos habían crecido dentro de ella. Era allí donde a veces Claudio la agredía, la maltrataba cuando todo estaba vacío, cuando sus hijos dormían, cuando todo a su alrededor se volvía silencioso. Griselda no entendía cómo empezaba la cosa, la ira explotaba de pronto dentro de él, sin que pudiera entenderlo; esto solía explicarle Claudio al día siguiente. Y, enfadado con él mismo, si estaban en la temporada de las rosas, preparaba un ramo especial para ella, se esforzaba en disponer las flores con sumo cuidado, bellamente, en un jarrón en el centro de la mesa, después pelaba unas verduras y preparaba una cena. Griselda volvía del patio y, nada más ver las flores y a Claudio, que cocinaba de espaldas con el pelador aún en la mano, comprendía cuánto él lamentaba lo ocurrido el día anterior.

Todo eso sucedía ahí. Entre la conserjería que daba al patio de la escuela y ese jardín en miniatura que los había empujado a aceptar el puesto y que era como una pequeña plaza, exclusiva para ellos. Cómo rechazar algo así: todo el mundo sueña con un jardín propio.

Su vida transcurrió ahí hasta diciembre de 1984.

Hasta que llegó aquel frío tan repentino y extraño.

Fuel o gasóleo

Griselda se acuerda bien.

La calefacción estaba al máximo desde hacía unas cuantas semanas. Era una caldera de gasóleo que, en general, llenaban de combustible durante las vacaciones de invierno. Pero esta vez no iba a alcanzar el combustible. Entonces, aquella persona que cada año les entregaba la sal, la misma que en otra ocasión también les había dado arena, pasó a anunciarles que un camión vendría al cabo de dos días, un poco antes de lo previsto, para llenar la caldera nuevamente. «Van a traer otro cargamento de fuel, no podemos esperar hasta Navidad, el camión vendrá muy temprano por la mañana, antes de la hora en que empiezan las clases». Claudio y Griselda tenían que recibir al camión cisterna a las siete de la mañana.

—¿Y el gasóleo, entonces? —preguntó Griselda.

El hombre la contempló por un rato sin entender, diciéndose que otra vez ella había pronunciado mal.

—Pero ¿el gasóleo, entonces? —había repetido Griselda, apretando bien los dientes mientras hacía que su lengua vibrara contra el paladar, concentrada en ciertos sonidos franceses que le costaba pronunciar. Era por eso que el hombre la había mirado perplejo. Así que la segunda vez se esforzó más, lo hizo lo mejor posible y hasta sintió unas cosquillas a la altura del paladar. Sin embargo, tras un silencio incómodo al que ella estaba habituada siempre que su interlocutor no la entendía, el hombre se había encogido de hombros y había soltado una risa. «¡Fuel o gasóleo es la misma cosa! El camión vendrá a las siete y traerá el fuel... o el gasóleo, como usted lo prefiera... Es lo mismo, no hay diferencia». De pronto, el hombre se puso a hablar muy fuerte, como si ella fuera sorda, entre mímicas y gestos ampulosos, para que ella lo comprendiera, y Griselda se había puesto colorada de vergüenza. «De acuerdo, sí, sí, de acuerdo... Fuel o gasóleo es lo mismo», había entendido, era inútil insistir. Y sacudió la cabeza, riéndose de su pregunta, «fuel o gasóleo, claro que sí», como si lo supiera desde siempre. Como si ella fuera, a la vez, esa extranjera demasiado maquillada que cada año, con las primeras heladas, tenía que aprenderlo todo —la sal y la arena, el fuel y el gasóleo— y ese hombre, allí, frente a ella, que la consideraba torpe y tosca, «aunque, en el fondo, es simpática la conserje, viene del fin del mundo, qué se le va a hacer, a veces abre sus grandes ojos negros porque no entiende lo que uno le dice, abre los ojos por detalles mínimos, por cosas que uno no se esperaría». Griselda sabía que el hombre, por la noche, diría esto acerca de ella, si no lo había dicho ya numerosas veces, porque ella le había dado oportunidades de hacerlo. Desde su llegada al liceo, a finales del verano de 1978, hasta hoy. Era como si tantos años pasados en el liceo T. no hubieran servido de nada, como si la hubieran suspendido como conserje. Entonces, ella se burlaba de sí misma. Y, de pronto, era dos personas. Era la conserje que no sabe, la conserje con los párpados brillantes y con dolor de cabeza que no entiende nada de nada. Pero era también la persona a quien asombra y conmueve la ignorancia de la conserje: «No es de acá, hay que tenerle paciencia...».

Debido a esta historia del fuel, pocos días antes de ese viernes de diciembre de 1984 Claudio y Griselda se despertaron antes de lo habitual. Para recibir al camión cisterna, por culpa del frío histórico. Griselda bajó la escalera de la litera, en medio de la oscuridad, de espaldas, agarrada de los peldaños, buscando con la punta de los pies unos listones que era sencillo encontrar. Ya conocía de memoria aquella conserjería. Hasta el rincón más remoto. Hasta el espacio entre los peldaños de la escalera que le permitía acceder a su litera y también a la otra, la de sus hijos. Claudio había cortado las planchas de madera y había montado, él solo, las dos literas que llamaba *mezzaninas*. En caso contrario, ¿cómo habrían hecho los cinco para vivir ahí?

Esa mañana del fuel que también era gasóleo, sus tres hijos dormían aún. Estaban casi en invierno y a las siete de la mañana todavía faltaba un rato para la salida del sol. ¿Qué temperatura hacía afuera? ¿Diez, once grados bajo cero? La víspera, en las noticias de Antenne 2, habían explicado que no se recordaba tanto frío en París desde hacía muchísimos años. En la tele habían hablado del invierno de 1956 o incluso de 1880. Los que conocieron el invierno de 1880 estaban muertos y enterrados, pero en Francia existen registros de todo; por lo tanto, podía hablarse del invierno de 1880. El tiempo corre aquí de otra manera, nada que ver con América. Treinta años antes, ciento doce, doscientos tres o cuatrocientos cincuenta y nueve años antes, no importa cuán lejos se encuentre lo ocurrido, nada se pierde, todo el mundo sabe situarse en el tiempo. Así que el periodista de la televisión pudo decir, muy orgulloso de sí mismo: «Hace casi tanto frío como en 1880».

Y después vino el jueves previo a ese día.

Griselda salió al patio antes de que dieran las siete para despejar la nieve acumulada en la noche frente a la puerta de la conserjería y también sobre la reja que delimitaba su pequeño jardín. Griselda echó sal y luego arena a su alrededor. Claudio se sumó a ella con una inmensa pala que solía plantar en el polvo.

Estaba muy fatigada, se acordaba bien de ello. En el patio, que la nieve volvía aún más silencioso, sus botas se hundían en el suelo haciendo unos ruidos extraños, un sonido apagado que resonaba en su interior.

Era la primera vez que Griselda caminaba en una nieve tan espesa, bajo sus pies se oía un sonido que parecía dado vuelta como una media, un crujido perceptible desde dentro. Era temprano por la mañana y era de noche a la vez. Griselda se paseaba por la noche sin reconocer sus propios pasos. La había dejado extenuada este asunto del combustible entregado antes del alba.

Creo que ese jueves, con Claudio, discutieron mucho en un momento. Entonces, antes de acostarse, ella tomó algo que la ayudase a dormir.

Doble dosis, a lo mejor.

Algo así ayuda, relaja, hace bien y, vaya ironía, permite que uno se olvide de varias cosas. Griselda quizá no prestó mucha atención a lo que tomó la noche previa a ese día.

O tal vez nada de esto. Ahora que vuelve a pensarlo, se dice que no tomó nada especial. Que si esa mañana le costó despertarse fue porque le dolía la cabeza. A no ser que la explicación se encuentre en otra parte.

Algo se tramaba en Griselda y ese algo no quería, sin duda, que ella despertase.

La mañana de ese día le costó mucho salir de la cama.

Pero Griselda recuerda que, más tarde, tuvo fuerzas para maquillarse.

En las últimas semanas, tal vez meses, cultivaba la pasión del maquillaje. Y siempre encontraba a alguien que le decía: «Griselda, te estás maquillando demasiado».

Pfff, a ella le daba igual. Tenía la sensación de que eso la calmaba. Lápices, polvos, cremas, pintalabios. Brillos. Se pueden hacer cosas increíbles con eso, todo cambiar, todo ocultar. Griselda se instalaba ante el espejo, se aplicaba en la cara lo primero que tenía a mano y de inmediato se sentía mejor. A veces pasaba horas así.

Ese día, por ejemplo, había estado largo rato maquillándose frente al espejo.

Hasta que en el cristal, delante de ella, no hubo más que un amasijo de colores.

Fue entonces, frente a esta imagen, cuando Griselda se quebró.

Los niños acaso jugaban a sus pies. Sí, puede ser que sus dos hijos jugaran a sus pies.

De pronto, Griselda cruzó el patio nevado y buscó a Claudio en el aula que él estaba pintando.

Resulta extraño, ahora que lo piensa. Los colores también eran la pasión de él. Los adoraba. Siempre le habían gustado.

Pero ese día fue diferente para ella.

Los colores en su rostro ya no la tranquilizaban. Al contrario, la hacían sentir terriblemente mal.

Esto había intentado explicar desde el vano de la puerta. *No me siento bien, Claudio, vení.* Pero Claudio no había prestado atención.

Hace falta que Griselda me cuente todo esto, ella lo sabe.

Por más que, en el fondo, no explique nada.

Porque lo que ocurrió ese día, ¿quién más podría explicarlo?

Esto Griselda, por momentos: «Lo que ocurrió».

Ese día, antes de que ocurriera lo que ocurrió, ella había intentado olvidarse de sí misma entre colores, pero había ingresado en la noche.

Y la noche, desde entonces, no la había abandonado más.

La Plata, 1974.
Como en una película de Kalatózov

Griselda deseaba hablarme de ese día de diciembre de 1984. Pero antes tenía que decirme otras cosas. Era importante, necesitaba contarlas.

De manera que Griselda se puso a remontar el tiempo, a seguir el hilo de su memoria para mí.

A la vez que la escuchaba, bajo el cuadro con el retrato severo, yo no dejaba de tomar apuntes.

Después del frío «histórico» de París, Griselda evocó su encuentro en una librería con Claudio. En Argentina, esta vez. En La Plata. En el año 1974.

Sabiendo que yo podría vislumbrar mentalmente la escena, me explicó:

—La librería se llamaba Libraco y estaba, para ser exactos, en la calle 6, entre 45 y 46.

No necesité más datos. Cuando Griselda me dio esta dirección, pude ubicar el comercio en el mapa cuadriculado de La Plata. Porque el mapa de esta ciudad hace pensar en las grillas que se usan para jugar a la batalla naval. En cuanto se le proporciona determinada dirección a un habitante de La Plata o a alguien que conoce la ciudad, la persona traza una cruz en el dibujo que, como todo iniciado, atesora para siempre en su memoria. Un mapa que, a decir verdad, tiene algo de tablero de juego o de blanco de tiro: un cuadrado de cinco kilómetros por cinco, o sea, veinticinco kilómetros cuadrados en total, compuesto de treinta y ocho manzanas por treinta y ocho, casi todas de forma cuadrada, y de ciertas diagonales, sobre todo dos diagonales principales que atraviesan la ciudad de punta a punta y se cruzan en su centro geométrico. La plaza Moreno queda en este centro, en el punto donde, más exactamente, se intersectan la diagonal 73, que corre de este a oeste, con la diagonal 74, que atraviesa La Plata de norte a sur. Desde este punto, la obsesión geométrica se disemina en todas las direcciones, imposible escapar de ella: vaya uno al norte, al sur, al este o al oeste, cada seis calles encontrará una avenida y en los cruces entre dos avenidas verá siempre una plaza. Así:

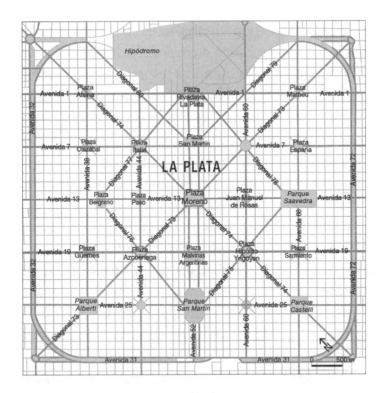

Ellos dos se habían conocido, por lo tanto, muy cerca de la plaza Italia.

Claudio iba casi siempre a la librería con su hijo mayor. Vivía en pareja y tenía dos hijos, Sylvain y Damien, ocho y diez años, eso había oído Griselda. Pero era el mayor con quien solía verlo. Se contaba que la madre de sus hijos era una francesa a la que Claudio había conocido en Cuba años atrás, «imposible no reconocerla en La Plata, tiene un acento tremendo...». El acento también puede tocarles a otros, razona ahora Griselda y sonríe. Se rumoreaba que Claudio había conocido a la madre de sus hijos con ocasión de un viaje cuyo relato había fascinado a Griselda: una historia de revolución y cárceles, de armas y de tiempos nuevos, esa clase de aventura que debía narrarse en

43

voz baja, lo que aumentaba su encanto. Con las armas, vale aclarar, él había empezado antes de la revolución cubana. «Así como lo ves, está metido en esto desde 1955, con la resistencia peronista, incluso estuvo presente el 9 junio de 1956, está en esto desde el principio, se lo conoce como el "lobo blanco" y todo el mundo lo respeta, no es un cualquiera este tipo», le había explicado una amiga a quien ella se había confiado. Oyendo cómo los demás hablaban de él, Griselda se había enamorado perdidamente de Claudio: le parecía que ese hombre alto, moreno y con lentes era una especie de héroe, un personaje salido de las páginas de *Operación masacre* de Rodolfo Walsh. «Pero mucho ojo con la gente a la que le hablás de él, no sea cosa que lo metas en peligro a tu Claudio».

En el momento de enterarse de todo esto, Griselda aún no le había dirigido la palabra a «su» Claudio. Lo que ocurría entre ellos dos no necesitaba palabras.

Y, además, Griselda aún ignoraba que Claudio estaba casado. Que era padre, sí, de acuerdo, lo sabía, pero casado, todos se habían olvidado de contárselo. Tampoco ella se había esforzado en conseguir más información. En el fondo, sabía muy bien que eso no tenía importancia. Él merodeaba, rondaba cerca de ella; ella lo amaba. Así de simple.

Claudio era hermoso. Muy hermoso. Y todavía lo es, con sus ochenta y siete años, su pelo blanco y sus pantalones verde caqui, como si el tiempo se hubiera detenido para él en la época en que la guerrilla entrenaba en El Escambray, en algún rincón de Cienfuegos.

Resulta muy importante imaginarse la librería en la calle 6, entre 45 y 46. Es simple: si el lugar no hubiese existido, nada de esto habría pasado. En primer término, Griselda no habría podido. Y, cuando dice esto último, no piensa siquiera en su encuentro con Claudio. Sin aquella librería, sin su complemento y su apoyo, ella no habría podido. No habría podido nada de nada. Necesitaba atravesar la puerta de esa librería para respirar, para subsistir.

Griselda recuerda con qué ansiedad buscaba aquella guarida por las tardes, no bien salía de su trabajo. Con qué ansiedad iba a ver si Claudio se encontraba ahí. Seguro que estaría también: esto se decía a sí misma, de camino, pese a que el temor de no verlo le hacía un nudo en el estómago. Por suerte, Claudio estaba ahí y, apenas ella lo veía, la angustia se evaporaba.

En cuanto abría la puerta de la librería se topaba inevitablemente con él, que vigilaba la entrada desde el fondo del local. No habían fijado una cita y, sin embargo, era obvio que él la esperaba. Con lentitud, Griselda cerraba la puerta, alzaba la vista y encontraba la sonrisa de Claudio, que parecía feliz de verla. Ahora que lo piensa, se dice que era como en las películas. Algo tan hermoso como las escenas de reencuentros en esas películas rusas que a ella le gustaban tanto. Bastaba con entrar y toparse con Claudio para que ella se convirtiese en la heroína de una película de Kalatózov.

No se hablaban entre ellos. Desde la primera vez que se habían visto, habían emprendido un juego perfectamente silencioso, un juego cuyas reglas parecían conocer desde siempre.

Después de abrir la puerta de la librería, Griselda avanzaba hacia el fondo del local como si supiera qué libro buscaba y en qué lugar exacto encontrarlo. Sin dudar un solo momento, daba unos pasos más, se detenía frente a un estante, se apoderaba de un libro y lo abría en el medio, en el acto, para que luego sus ojos se clavaran en un punto de la página como retomando una lectura interrumpida hacía apenas un instante. Claudio se aproximaba entonces y fingía leer por encima de su hombro, como si también retomase esa lectura. Pero, a decir verdad, ni él ni ella leían.

Era muy hermoso y extraño, ella lo recuerda bien, y a partir de ese momento las cosas siempre ocurrían de igual manera.

Apenas Claudio rozaba su cuerpo, la respiración de ella se detenía. Claudio notaba que el aliento de Griselda quedaba como en suspenso y que sus labios se entreabrían, pero no para respirar, porque ella estaba en apnea. Griselda advertía que sus labios se separaban. Pero no sentía nada entre estos labios, ni una leve brizna de aire. Era insólito que todo se paralizara así, que no pareciera existir más que la presencia de él. Ni la gente alrededor ni las voces ni el libro. En su casa, a solas, Griselda había intentado reproducir esta sensación: cuando todo desaparece de repente, incluso el aire alrededor, y no hay más que labios entreabiertos. Pero resultaba imposible. Para que la respiración se detuviera, para estar fuera del tiempo, para que se produjeran estos prodigios, hacía falta la presencia de Claudio cerca de ella.

Claudio, por su parte, sonreía desde allá arriba. Era mucho más alto que ella. Un miope alto y delgado.

Tras la sonrisa de Claudio, Griselda parecía reponerse. Cerraba el libro, se apartaba unos pocos pasos y el juego entre ellos dos comenzaba otra vez. Escasos minutos después, él se encontraba de nuevo junto a ella. No hacía falta buscarlo con la mirada para sentir su presencia, a escasos centímetros. La sola idea de esa proximidad paralizaba el aliento de Griselda. Para Claudio era exactamente lo contrario. Ella lo notó enseguida y lo confirmó más tarde: el deseo le inflaba las fosas nasales, que se vaciaban y se llenaban de aire cada vez más rápido, como si de pronto Claudio respirara por los dos. En La Plata, Griselda había descubierto que, cuando él la deseaba, sus fosas nasales latían como el corazón de un animal jadeante.

En la otra punta del local, el librero seguía atentamente su danza.

Desde que se habían visto por primera vez, habían sido así las cosas entre ellos dos. Cada vez que se encontraban, el juego volvía a empezar.

Pero la librería había tenido importancia para ella desde antes de que conociera a Claudio. Griselda no olvidará nunca la calle 6, entre la 45 y la 46. Como tampoco a las personas que solía cruzarse allí y que ocupaban cada una de las sillas, con un libro abierto sobre las rodillas. O que, como ella, se limitaban a pasar un rato. Como huyendo del mundo exterior. De ese exterior donde los otros estaban encerrados. De ese exterior donde no era el deseo lo que impedía respirar. Ahí afuera, la gente se asfixiaba en serio. Griselda se asfixiaba en serio.

No tanto, quizá, como cuando vivía aún con sus padres. Pero bastante, así y todo. Cuando vio a Claudio por primera vez, llevaba varios años viviendo sola y trabajando como bibliotecaria en la Universidad de La Plata. Ganaba un buen sueldo, por lo menos el doble de lo que cobraba la gente que ella solía frecuentar. No le faltaba nada con ese dinero. Y, gracias a una pequeña ayuda de su padre, había podido comprarse un departamento. Llevaba una vida de independencia. Pero eso no impedía que se asfixiara.

Allí fuera, era la asfixia.

La ciudad, la sociedad argentina, el continente. La asfixia.

Sin embargo, para que yo pudiera entender mejor, había que remontarse más lejos aún, al año 1974. Dar otro salto en el tiempo. Más de veinte años atrás.

Griselda hizo una pausa y buscó con la mirada al camarero.

—Me tomaría otro café. Vos también, ¿no?

Mientras llegaban los cafés, miré el cuaderno elegido para apuntar su relato. Había cubierto ya, con tinta azul, una docena de páginas.

La MADRE y su muñeca tan rubia

Griselda, entonces, me relató su infancia en el campo, en el sur de la provincia de Buenos Aires, donde sus padres se habían instalado después de casarse y después del nacimiento de sus hijos. Tras el nacimiento de su cuarto hijo: una niña, para mayor exactitud.

Solo después de la llegada de esta hija, una pequeña rubia de ojos azules, los padres habían resuelto abandonar la ciudad. Era como si con esta hija algo se hubiera concretado, algo que valía la pena celebrar. La niña era tan rubia que todo el mundo se extasiaba frente a ella. *Qué hermosa, te salió rubia, Mabel, tan rubia, tan blanca de piel como una muñeca de porcelana.* Era blanca como la nieve, como en esos cuentos que le habían leído mil veces, pelo rubio y piel de porcelana, una princesa de otros tiempos.

Sí, ahora que ella lo recuerda, ocurrió exactamente así: con la llegada de su hermana menor, sus padres necesitaron aire fresco y un vasto jardín para ellos solos. La familia abandonó La Plata para instalarse en un rincón perdido del país, donde su padre abrió una farmacia. Porque el padre era farmacéutico. «Es un dato importante: él era farmacéutico», me insistió tanto Griselda que, de pronto, en mi cuaderno subrayé la palabra: «farmacéutico».

Su padre farmacéutico, por lo tanto, pensó que hacer prosperar su negocio en el medio del campo sería más fácil que en la ciudad de La Plata, donde habían nacido sus hijos. Allá, en el campo, no tendría competencia.

Aunque esto puede causar risa si se conoce el lugar.

Vivían en una casa con un patio enorme que se prolongaba en el campo alrededor, en la pampa que no terminaba nunca y que, al fin y al cabo, se había convertido en el nuevo paisaje de Griselda, una suerte de prolongación de la casa. Su territorio infinito. Todo aquello sucedía en Monte Hermoso, no lejos de Punta Alta, en medio de ninguna parte. El mar no quedaba muy lejos, pero no se lo veía. La primera ciudad quedaba a cincuenta kilómetros.

Ellos eran cuatro niños: Griselda y su hermano mellizo eran los hijos «del medio», comprimidos entre el mayor (el niño mimado, el hijo que sus padres habían deseado tanto) y la menor, la muñeca de porcelana, el gran logro de la madre. *¡Qué linda!* Ella era tan hermosa.

«Parece sueca, con su piel traslúcida y sus ojos bien azules...». Todo el mundo se extasiaba. Cada vez que la madre tenía en brazos a su hija menor, sonreía muy orgullosa. *Sí, la última me salió rubia.* La menor era la consagración de la madre. «Cuatro hijos, la verdad, es agotador. Pero hiciste bien en tener a esta última, tan divina. Hiciste muy bien». Ella y su hermano mellizo estaban como atrapados dentro de un sándwich, entre los otros dos hijos: el mayor, «tan alto y fuerte, tan guapo e inteligente», y la muñeca. Tan rubia y tan dulce.

En el medio de este sándwich se encontraban los mellizos: ellos no eran, al final, más que el relleno entre dos rebanadas de pan, la cosa que no se ve, lo que transpira en el interior. Griselda recuerda su convicción de no ser querida; no sabe qué pensaba su hermano mellizo, pero ella no tenía la menor duda al respecto. El pelo de Griselda era tan oscuro como sus ojos, con unas cejas tupidas y más negras todavía; de modo que, cuando la veían junto a su hermana menor, las mujeres comentaban: «Tus dos hijas son el día y la noche».

Griselda era la noche.

Esto, en el fondo, le causaba gracia.

«Vos serás la noche, vieja loca», pensó la primera vez que oyó el comentario. Sí, en el fondo le causaba gracia. O tal vez no, ahora que lo piensa. Con el paso del tiempo había logrado reírse de esto. Pero no cuando tenía seis años de edad. Por cierto, no le había causado ni la menor gracia cuando la vecina había soltado ese comentario por primera vez, una tarde en que su madre se pavoneaba con la princesita en brazos, su pequeña princesa rubia, toda orgullosa de su hija.

El comentario, sin dudas, la había lastimado mucho.

Sí, ahora lo recordaba. La primera vez que la vecina dijo «son el día y la noche», Griselda lloró más tarde en la cama.

Su madre no la quería. Su padre, en cambio, la adoraba, Griselda estaba segura. Pero su madre impedía que él le demostrase su afecto. Su madre era el desamor personificado.

La MADRE.*

Ahora, frente a su taza de café, Griselda ríe. Pero qué horror cuando, al remontar el tiempo de este modo, todo resucita, intacto... Maldita, maldita MADRE, ¡cuánto llegó a fastidiarla! Su padre, en cambio, la amaba por los dos, Griselda lo sabía bien, siempre lo supo. Pero la MADRE se interponía todo el rato, los separaba como si fuera una tapia.

«Ah, cómo me hubiera gustado ser ese caballo»

Por suerte estaba el campo ahí, a su alrededor. Esa naturaleza virgen, esa llanura argentina que no

---

* En mayúsculas y en castellano en el original, lo mismo que todas las veces que en que MADRE vuelve a aparecer en mayúsculas. *(N. del T.)*

tiene nada que ver con lo que en Europa se entiende por campo. Porque en Europa el campo es casi como un chiste, porque el campo para Griselda no es esto. Desde luego que es muy hermoso en Europa, no es un asunto de belleza. Es muy bonito acá, ¿no? Resulta reconfortante como un inmenso jardín. Muy tranquilizador, de hecho, porque el jardín está muy bien cuidado y mantenido, transformado al cabo de siglos y siglos de presencia humana, solo hay que acurrucarse en él y uno se pone a ronronear. Allá es tan distinto, ¿no es cierto? Allá, la naturaleza no lleva red. Causa vértigo, nos inquieta, emborracha, nos marea. Y Griselda adoraba aquello.

Aún recuerda cuando corría hasta perder el aliento. De haber tenido la fuerza necesaria, habría corrido días enteros en todas las direcciones sin toparse con ningún obstáculo forjado por la mano del hombre. Tan solo vegetación, muchísima vegetación y, de vez en cuando, un grupo de árboles, un arroyo, algunas piedras. A lo sumo, el cadáver de una liebre.

Virgen, todo era virgen y nuevo, y estaba allí exclusivamente para ella.

Se cuenta que, en tiempos de los españoles, repartieron esas tierras entre un puñado de colonos, a quienes les dijeron: «Tu propiedad se extenderá hasta el preciso lugar donde tu caballo se canse y no pueda más. Cabalga, cabalga lo que te resulte posible. La tierra será tuya hasta donde él se detenga, hasta el punto, en algún sitio al final del horizonte, donde tu caballo caiga muerto de cansancio». Griselda ignora si es cierto, pero no le importa demasiado. De noche, en su cama, se ha dicho más de una vez: «Ah, cómo me hubiera gustado ser ese caballo». Si su madre se lo hubiese permitido, ella habría corrido muy lejos, como un caballo español. Muy lejos y muy rápido, como un caballo.

Eran muy felices los dos, ella y su hermano mellizo.

En el fondo les importaba un carajo esta historia del sándwich. En todo caso, a Griselda le importaba un carajo. Esto pensaba cuando miraba a su madre. «¿Sabés lo que te dice ese pedazo asqueroso de carne entre las dos rebanadas de pan?». Y se alejaba corriendo, el caballo necesitaba respirar.

Respirar, tan solo eso.

Una infancia feliz, a fin de cuentas. Pese a su asquerosa y miserable madre.

Vecinos, calzones de carne
y ese hijo de puta de don Valerio

Además, estaba el vecino. Los vecinos, mejor dicho. En su memoria hoy se confunden aquellas manos frías de las que Griselda se acuerda bien y que siente aún en sus nalgas, ¿de quién eran? ¿De Pepe o de don Valerio? Uno de ellos dos tenía las palmas de las manos más calientes, más callosas y más secas también. La piel del otro era siempre suave y helada.

Es posible que Griselda haya nadado a contracorriente retrocediendo en el tiempo para que yo pueda tomar apuntes en mi cuaderno. Pero es posible también que haya nadado, buceado y vuelto a bucear en el río de su memoria y que se haya vuelto a ver a sí misma en aquel momento. Puede que ahora mismo esté allí, como si las cosas volvieran a sucederle en este día de diciembre de 2018, en Le Bûcheron, frente a la estación de metro Saint-Paul, delante de su taza de café. Puede que haya estado allí, en Monte Hermoso, dos veces al mismo tiempo: cuando tenía cuatro o cinco años, en 1946 o 1947, y ahora de nuevo. El vínculo entre las manos y los nombres se ha quebrado.

Griselda recuerda las manos, las siente aún en sus nalgas. Pero no sabe ya de quién son.

En todo caso, ella sabía que, si iba a casa de Pepe y este se hallaba a solas, se aprovecharía de ella, le bajaría los calzones y le acariciaría las nalgas, sí, no escaparía de ello. Lo mismo si ella no pasaba por ahí, pero se cruzaba con él en el medio de la pampa. Porque hasta en la pampa uno se cruza con alguien. Hasta en el fondo de la Patagonia, si un día ella lograba por fin correr tan lejos, podría haber alguien escondido tras un árbol y, en ese caso, el hombre se le acercaría fingiendo que le formulaba alguna pregunta, como hacían Pepe y don Valerio, o que deseaba mostrarle algo («acá, mirá») y después se daría maña para bajarle los calzones, para quitarle la ropa interior. Para verla, para acariciarla un poco. La mano ardiente y rasposa en sus nalgas. O la mano pálida y blanda. Poco importa. Lo concreto es que, después de acariciarle las nalgas, deslizaría su mano hacia delante, lo mismo que le hacía Pepe, atrapándola entre los muslos, levantándola incluso ligeramente. Era como si, después de quitarle los calzones, le pusiera a cambio unos nuevos. Excepto que eran unos calzones de carne y todo se volvía un meneo. Aún podía ver cómo las yemas de los dedos se agitaban y escarbaban allí abajo. Pero Pepe no metía nunca los dedos dentro de ella, le parece que no los metía jamás. Ni Pepe ni don Valerio.

Salvo que lo haya olvidado.

Sí, es posible que haya ocurrido esto.

En todo caso, un buen día su padre le encajó una trompada a uno de ellos dos. Griselda no alcanzó a verlo, pero oyó hablar acerca de esto. Al parecer, fue don Valerio, *ese hijo de puta de don Valerio*, cree recordar a su padre contándoselo a su madre con los dientes y los puños apretados. Su padre, cosa curiosa, no decía malas palabras ni solía pegarle a la gente. Seguramente, su padre se había enterado de este asunto de los calzones. Seguramente vio o, quién sabe, intuyó algo. La mano fría, pálida y blanda de don Valerio o tal vez seca y por momentos rasposa como un papel de lija. La mano que hacía que Griselda se suspendiera en el aire, ligeramente. Porque después de bajarle los calzones, a uno y al otro les gustaba manosearla, palparla como algunos hacen antes de cortar al medio una gran fruta en verano, un melón, una sandía. Griselda ya no sabía qué manos correspondían a cada uno de los vecinos, pero esto no le importaba, su padre se había enterado. Y había bastado con que le partiera la cara a uno de ellos para que los dos se detuvieran de golpe, al mismo tiempo. Después de aquella frase de su padre, *ese hijo de puta de don Valerio*, todo se había terminado, ni el uno ni el otro habían vuelto a molestarla. Después de aquella trompada, la habían dejado tranquila, ninguno de los dos se había vuelto a arriesgar.

Salvo que lo haya olvidado.

Poco después, en cualquier caso, abandonaron el campo y regresaron a La Plata. Y se acabaron las manos, los dedos que se agitaban entre sus piernas como lombrices gigantes, los calzones de carne y las frutas que se manosean y se cortan en dos.

Su padre había deseado volver a La Plata, donde los hijos, ya más grandes, podrían seguir una escolarización «digna de ese nombre», según decía él.

Griselda se acuerda de esa mudanza, de ese desgarro, como si hubiera sido un primer exilio. Un corte.

Aunque habían pasado más de dos horas desde que Griselda apareció en la calle Rivoli, aún estábamos las dos en Le Bûcheron.

Griselda hablaba y hablaba, sus recuerdos se agolpaban y las páginas de mi cuaderno se seguían llenando.

Después de haber retrocedido varios años, ahora ella seguía el curso del tiempo.

En un momento dado, la camarera se puso a preparar las mesas para la cena. Temí que nos interrumpiese, como sucede a menudo en los cafés de París, temí que a su juicio fuera la hora en que los consumidores de la tarde deben liberar las mesas salvo que pidan algo más. Viendo a la camarera en acción, esperaba escuchar la frase consabida, «lo siento, pero es la hora del cambio de servicio...», o que se nos acercara con un menú o una pizarra donde alguien había escrito con tiza el plato y el postre del día. Temí que Griselda entonces interrumpiera el relato, temí que abandonara eso que estaba contándome con una intensidad que no me había esperado.

Pero no: aunque arreglaba las mesas alrededor de nosotras, la camarera mantenía las distancias como si, frente a nuestras dos tazas ya frías y vacías, bajo el retrato de la mujer con rodete, Griselda y yo ocupáramos el interior de una especie de burbuja inviolable. Griselda parecía embrujada por su propio relato y me hablaba en castellano a toda velocidad. Yo la escuchaba con los ojos clavados en mi cuaderno y tomaba todos los apuntes posibles mientras la camarera cumplía su rutina respetando la intimidad de nuestra mesa.

La guerra con la MADRE

Griselda me estaba contando el retorno de su familia a La Plata, ocurrido en el momento en que ella y su hermano mellizo entraban en la adolescencia.

Fue como un primer exilio, un primer corte importante.

Todo se volvió de pronto tan estrecho. Cada vez que piensa en eso, siente que vuelve a invadirla aquella sensación de asfixia. Esa impresión que ella tenía entonces de ahogarse, literalmente.

Porque, de pronto, en lugar del horizonte, quien estaba allí era su madre. Sí, delante de sus ojos: la MADRE. Esa madre que no la quería, que no la había amado nunca, no al menos desde que había parido a su muñeca rubia de porcelana: a aquel bebé que era la niña de sus ojos. En el pequeño departamento del centro, donde ahora vivían todos, le era imposible evitar a la MADRE. Tropezaba con ella todo el tiempo en el pasillo angosto; salía del baño y se topaba con la MADRE; incluso cuando, de espaldas frente a la pequeña cocina, limpiaba el pequeño grifo o cerraba las puertas del armario donde estaba la vajilla porque acababa de fregar el gallo de plata con un repasador. Desde que se habían mudado del campo, todo se había vuelto, de súbito, pequeño. Y, en ese decorado tan estrecho, el desamor de la MADRE era siempre grande. El infinito, de pronto, ya no era la vastedad de la pampa, sino la frialdad de la MADRE. Su desbordante desamor.

De modo que allí, en el hogar de La Plata, ser el relleno del sándwich había dejado de ser un asunto sin importancia. Ahí todo era asfixiante y mortal. Su hermano mellizo tal vez no sentía esto, pero ella sí. Sentía que se asfixiaba.

Los deseos de escapar, de salir corriendo, pronto se volvieron urgentes. Desde que se asfixiaba en su hogar, Griselda tenía la impresión de haberse convertido en aquel caballo español capaz de recorrer como si nada kilómetros y kilómetros. Siempre había soñado con ser ese caballo incansable, desbordante de energía, dispuesto a conquistar la tierra para ofrecérsela a quien se montara sobre su lomo. Pero la MADRE había encerrado a este caballo, así que Griselda, rabiosa, estaba volviéndose loca. En el hogar y en la escuela. Porque eran sus años de escuela secundaria. Por eso habían vuelto a La Plata, para que ella y sus dos hermanos varones estudiaran en el liceo.

Griselda quería golpear las paredes con los puños, dar patadas en las puertas o precipitarse sobre la MADRE.

En esos tiempos, se calmaba yendo al cine.

El cine ruso, sobre todo *Guerra y paz* de Bondarchuk, se acuerda bien, Griselda tenía la impresión de que aquellas imágenes la ayudaban a respirar, quizá por los amplios espacios que hay en esas películas. En la pantalla, el gran cielo ruso le resultaba siempre extrañamente familiar, se parecía a ese otro cielo que tanto echaba de menos. Bastaba con que apareciese para que se imaginara bajo ese cielo y se sintiera mejor. Pero en la sala del cine la luz siempre volvía a encenderse, la pantalla se apagaba y su cielo se evaporaba. No le quedaba entonces más remedio que regresar al hogar y retomar la guerra con la MADRE. Nada de paz en esta historia, tan solo guerra, una verdadera guerra. Desde que la familia había vuelto a La Plata, la MADRE y ella libraban un franco combate.

Griselda se acuerda muy bien: por entonces, ella admiraba a Simone de Beauvoir. *El segundo sexo*, ante todo. Un libro que, tras leer, había puesto en un estante encima de su cama. Para que la MADRE lo viera. Porque sabía que la MADRE se volvía loca con solo ver el lomo de este libro, como si la simple visión fuera injuriosa, como si Beauvoir la agrediera o la escupiera en la cara. «Ya basta —decía la MADRE cada vez que veía el libro—, ¡ya es suficiente, Griselda!». Acto seguido, apoderándose del libro, la MADRE clavaba las uñas en la cubierta, quería sacar ese libro del estante en la cabecera de la cama de su hija (de esta hija, en particular, ya que la otra jamás tendría un libro tan espantoso: eran el día y la noche), como si se tratara de una sanguijuela que amenazaba a su hija, de una garrapata o un piojo.

Pero Griselda se arrojaba entonces sobre la MADRE, recuperaba el libro, lo apretaba contra su pecho. No, ese libro no era ninguna sanguijuela. Era un tesoro, un objeto que ella amaba. «No lo toques, no la toques a Simone, ¿entendés? ¡Fuera de mi habitación!». En consecuencia, la MADRE se ponía a gritar: «¡Vas a acabar siendo una chica perdida, una cualquiera, *una puta*!».

Desde el otro extremo del dormitorio de las chicas, desde su cama blanca e impecable, su hermana toda rubia las observaba. Las sábanas de su hermana no se arrugaban jamás, ni siquiera cuando se sentaba en la cama. Su hermana era delicada, pulcra, hermosa, encantadora, ordenada, «tan femenina», aseguraba su madre. Sonriente. Bien peinada siempre. Las uñas de sus dedos, muy delgados, nunca se veían sucias. Y ella no se las comía. Eran dedos de arpista, de pianista, de hada. Ella era una princesa, como en los cuentos. «El día y la noche», es verdad, Griselda lo comprobaba.

Entonces se ponía a gritar.

Harta del sándwich

La MADRE no quería a Griselda, nunca la había querido, pero Griselda veía esto con claridad desde la mudanza a La Plata y no pensaba en otra cosa. Ella y su hermano mellizo habían nacido muy pronto, después de aquel primogénito perfecto. Una vez, Griselda había oído decir esto. Una tía o una vecina, ya no estaba tan segura, había pronunciado esa frase. A menos que ella se lo hubiera imaginado: «Estos dos nacieron demasiado pronto, por eso estás tan cansada».

Un día, Griselda tuvo ganas de escupirle esta misma frase a la MADRE, de arrojársela en la cara, en medio de una comida. «Nacimos demasiado pronto, ¿no, mamá?». Su padre, que estaba presente, le puso una mano en el hombro. «¿Qué estás diciendo, Griselda? ¿Qué te ocurre?». Su porción de carne en el plato la había llevado a pensar esto. Todo por culpa del sándwich, de los mellizos que eran el relleno del sándwich. Al ver la carne en su plato, Griselda había tenido ganas de vomitar, de vomitar sobre la MADRE. «Y dos por el precio de uno, para colmo, dos por el precio de uno en el interior del sándwich..., ¡una doble ración de carne!». Dicho esto, arrojó la carne a la otra punta del salón. Curiosamente, la MADRE reaccionó sin perder la calma, tratando de serenarla.

—¿Qué estás diciendo, Griselda? Mi familia es lo que más quiero en el mundo... ¿Cómo podés decir que ustedes nacieron demasiado pronto? ¡Por favor! Soy una mujer, una madre...

—¡Una mujer, una madre! No puedo creer lo que escucho. Una mujer, una madre, ¿qué intentás decirme con eso? ¿Eso es lo que querés hacernos pagar? Si no estabas obligada... Una mujer, una madre... No tenías ninguna obligación, ¿te das cuenta? ¡Ninguna obligación en absoluto!

—¿Qué estás diciendo, Griselda? ¿Qué te pasa, querida mía?

—No me toques, no me toques... No me vengas con idioteces... Estás convencida de ser una mujer, una madre, pero no, nada que ver...

Griselda recuerda la ira, la rabia que a veces le hacía un gran nudo en el estómago. Y no es ninguna metáfora, ¿entendés? No es una imagen, te lo aseguro. Un nudo en el estómago. Y en la garganta también.

Al final, volvía la calma. Y siempre había un momento en que la MADRE adoptaba un tono casi empalagoso para decirle al oído aquellas resoluciones que la imaginaba adoptando, como esos dobles disfrazados de angelitos que murmuran al oído de los personajes en los dibujos animados de Tex Avery. «Maestra te iría muy bien. Ser maestra es algo bueno para una mujer. Maestra como lo fui yo antes de tenerlos a ustedes. Más tarde, cuando te cases y tengas hijos, incluso si dejás de trabajar, lo que aprendiste te servirá mucho. Te será de utilidad con tu familia».

Cada vez que su madre volvía a la carga con este asunto de que ella fuese maestra, la rabia se apoderaba de la mente de Griselda. Se le subía a la cabeza, literalmente, como una bola de fuego: del estómago a la garganta, de la garganta a la cabeza, la rabia derribaba todo a su paso. O, mejor dicho, arrasaba. «Derribaba» es una palabra muy débil. La rabia brotaba de sus entrañas y arrasaba lo que había en el camino, la dejaba en carne viva. Por donde pasaba esta rabia, solo había sangre. Hacía pensar en un caballo enloquecido. Aquel caballo español con el que ella soñaba se había instalado en su interior desde hacía largo rato, vivía ahora dentro de ella.

Sí, era exactamente así. El caballo se había metido dentro de ella.

Dibujo

Después, Griselda se dedicó a dibujar. A dibujar mucho, por cierto. Siempre le había gustado, pero ahora era diferente. Ahora era un asunto importante. Una mañana, tomó un cuaderno y se puso a hacer dibujos. Paisajes, rostros, caballos, siluetas, perfiles, rodillas, manos. Horas y horas, sin parar. De un solo trazo, con un lápiz negro que había por allí, Griselda alcanzó a completar casi la mitad de un cuaderno, las imágenes llegaban por docenas. Un pie, una nuca, un ojo, nada más que el iris y, después, el lomo de un caballo. Unos dedos que acariciaban, que se crispaban, que temblaban. Se descubría capaz de dibujarlo todo, el sudor y los temblores, hasta la rabia. Todo. Le hacía muy bien, le hacía tremendamente bien ver cómo esas imágenes brotaban de ella y llenaban el cuaderno. Se volvía loca de alegría. Alrededor, todo el mundo estaba feliz. Sus hermanos se acercaban a admirar estos dibujos. Su mellizo y el mayor desbordaban de admiración. Hasta su hermana menor se había acercado, había hojeado aquel cuaderno y había apuntado con un dedo el dibujo que prefería. Hasta la MADRE se alegraba por Griselda. «Cuando dibuja, está mucho más tranquila», comentaba el padre.

Así que Griselda pidió unos rotuladores y le dieron rotuladores, después pidió témperas y le dieron témperas. Dibujaba todos los días al regresar de la escuela secundaria. Antes de cenar, después de cenar. «Es hora de apagar la luz, mañana hay que madrugar, ¿terminaste los deberes? Más vale que no te olvides de hacer los deberes, ¿sí?». Desde que había comprendido que este asunto de los dibujos tenía un sentido profundo para ella, a Griselda le costaba detenerse. Realmente, no lo conseguía. Entonces la MADRE tenía que entrar en la habitación. «Ya es la una de la mañana, basta por hoy, tu hermana no puede dormir», y la MADRE apagaba la luz como en los tiempos en que ella era una niña. Sin embargo, Griselda solía despertarse en plena noche para completar el contorno de una brizna de hierba, para terminar una oreja, una pezuña, una boca abierta. Dibujaba y dibujaba sin parar. Pasaba noches enteras dibujando en sus cuadernos, en unos bloques de hojas que le habían regalado cuando todo el mundo estaba feliz, salvo que ahora todo el mundo parecía haberse arrepentido de ello.

«Calma, Griselda, te pido que descanses. Te veo muy agitada, terriblemente agitada».

Griselda deseaba estudiar en la escuela de Bellas Artes.

La MADRE odiaba la idea: Bellas Artes, Simone de Beauvoir, todo era parte de una misma cosa. «Yo te inculqué el sentido de la familia, ¿qué vas a hacer en un lugar así?». Griselda insistía, no obstante. En Bellas Artes podría crecer y desarrollarse. Sentirse bien. Para la MADRE, en cambio, no había más que prostitutas en la escuela de Bellas Artes, no enseñaban allá a servirse del carbón y la acuarela, sino a «servirse de la pija», esto es lo que pensaba ella. Pero no lo decía en voz alta, habría sido incapaz de hacerlo, «putita y zorra» era lo máximo que se permitía, mientras que «pija» no, no podía. Griselda tendría que haberlo dicho en lugar de ella, para irritarla o para aliviarla un poco: *pija, pija, pija*. La MADRE no podía decirlo y se limitaba a gritar: «*Basta*, ya es suficiente, ¡a dormir, ahora mismo!».

Luego, empezaron a desaparecer los cuadernos donde Griselda dibujaba. Detrás de eso estaba la MADRE, sin duda. Para que ella descansara, para que durmiese por fin. «Te ruego que pares un poco con este asunto». La MADRE no entendía nada. Como si fuera tan simple, como si bastase con esconderle los cuadernos, como si no hubiera más que quitarle las témperas para que ella dejara de dibujar.

Cuando desaparecieron los cuadernos, Griselda se abalanzó sobre las cajas de los distintos remedios que su padre recibía en la farmacia.

Con las cajas destripadas de los productos de Bayer fabricaba siluetas, títeres, cabezas. Todavía se acuerda del logo. Una mezcla de cruz y de blanco de tiro, con una Y en el medio. Griselda lo recortaba, le dibujaba dos ojos o le agregaba dos cuernos a Bayer. Bien merecido. Toma esto, Bayer. Desde que le habían confiscado las témperas, usaba los bolígrafos y los lápices de la escuela. De haber sido necesario, habría usado incluso una salsa de tomate, la MADRE no entendía nada. Podría haber pintado con barro. Era una necesidad. No se podía frenar tan fácilmente la rabia que ella sentía.

Y entonces Griselda tuvo ganas de morir

Más de una vez, en esos días, tuvo ganas de morir. Pero de morir en serio.

Tenía a mano la farmacia de su padre. Era tan fácil, podía acceder al depósito por una pequeña puerta en el fondo del lavadero.

Un día tomó una caja de barbitúricos. Tenía diecisiete años. Tragó todo el contenido, ¡la caja entera! Y se acostó bocarriba, a la espera de la muerte. Cuando quiso darse cuenta, vomitaba en la cocina o en el baño. Vomitaba mientras su madre le gritaba de todo, su estómago se vaciaba entre los gritos de la MADRE. Después, en su memoria, hay un blanco. A lo mejor, simplemente se desmayó. O más que eso. A lo mejor, no había hecho tan mal las cosas; una caja entera, por cierto, quizá había logrado que algo se apagase. No una muerte verdadera, pero un poco más, algo más que una loca cualquiera con humos, en tal caso, porque sentir ganas de matarte y lograr tan solo un desmayo es realmente el colmo de la boludez. Como sea, se quedó corta: aún se ve a sí misma en la cama, la MADRE al lado de ella, tomándole una mano, y su padre más atrás: «Griselda, ¡nos diste un susto terrible!». Lo cierto es que ella seguía allí, como si nada, en su dormitorio, sobre su pequeña cama, en aquel pequeño hogar. Y, desde la otra punta de la habitación, su hermana menor la contemplaba, sentada en su pequeña cama siempre inmaculada: regreso al punto de partida.

Una amiga le explicó que a veces se sobrevive cuando se toma un mismo principio activo. Que una caja o incluso dos cajas enteras no alcanzan para morir si todas las píldoras son idénticas. «No lo sabías y te salvaste por casualidad, Griselda». Después de que su amiga le dijera esto, Griselda se prometió no cometer el mismo error la próxima vez que quisiera morir. Una próxima vez que llegó muy pronto. Dos cajas con dos principios activos diferentes, eso mismo había que hacer. Esto era un juego de niños con el depósito de la farmacia junto al lavadero. Excepto que, tras su primera tentativa, ahora la puerta del depósito estaba siempre cerrada. Su madre tenía la llave, pero Griselda creía saber dónde habían guardado una copia. ¿Cómo buscarla si sus padres no la perdían de vista ni un solo segundo? Incluso sus dos hermanos y la princesita la vigilaban. Imposible aproximarse al lavadero sin que sus padres le preguntaran si andaba en busca de algo. Y, si sus padres se distraían, siempre podían delatarla sus hermanos o la niña maravilla. ¿Por qué razón? ¿Qué diablos les importaba que Griselda tuviera ganas de morir? Habría bastado con que la dejaran en paz para que ella pusiera fin a sus días, para que lograse huir de aquella vida de mierda que ya duraba demasiado. Qué demonios les importaba, ¿por qué querían detenerla? Hasta sus padres, qué insoportables sus padres. Siempre diciéndole: «Griselda, ¿adónde vas? ¿Te hace falta algo, querida?». Llevaban años esparciendo mierda, incluso habían ido a vender sus píldoras en lo más hondo de la pampa porque, claro, no les importaba en absoluto envenenar a medio pueblo con sus dosis de Valium y Veronal, y también con su sonrisa, «gracias, señora, ¿algo más?». Hasta la anciana de la calle 50, la que parecía titubear cuando empujaba la puerta de la farmacia, la abuelita de pelo blanco y anteojos negros a la que cada día le costaba algo más sacar el dinero de su cartera, hasta ella tomaba Valium. «Dos cajas de diez miligramos, ¿no es así?». No les importaba venderle esta basura, pese a que la pobre vieja era indudablemente adicta, pese a que con esas pastillas se apagaba más y más. Era con lo que se compraban los churrascos de carne, con este veneno que ellos vendían sonrientes y asintiendo con las cabezas en señal de aprobación. «Aquí tiene, señora, ¡que pase un buen día!». Pero, a la vez, tenían la audacia de negarle estas pastillas a Griselda, que tanto las necesitaba.

Hasta que un día lo logró. No era posible vigilarla todo el tiempo. La copia de la llave estaba ahí, donde ella lo había supuesto. «Cuando se quiere morir, no faltan las intuiciones —se dijo pasada la medianoche, mientras metía una mano en el tarro verde que había en el estante más alto de la cocina y tocaba con la punta de los dedos el metal de la llavecita—. Qué locura, soy capaz de saber y de entender todo, no pueden esconderme nada, podría abrir un consultorio de clarividencia, podría hacer fortuna como adivina, pero esta noche me voy a matar».

En medio de un silencio casi perfecto, mientras todo el mundo duerme, Griselda entra en el depósito y obtiene dos cajas de barbitúricos diferentes porque ahora ya lo sabe: dos barbitúricos distintos serán infalibles.

Esta segunda vez Griselda piensa en todo. En el ruido del agua en la cocina, que podría acaso despertar en plena noche a la MADRE, a su padre o a uno de los tres traidores. Piensa hasta en estos detalles... La víspera, por lo tanto, ha escondido una botella de agua en un estante, detrás de unos libros. Y, a pesar de la penumbra, la encuentra con facilidad. Así que, sentada en su cama, muy tranquila, con el cuidado de hacer el menor ruido posible para que su hermana no se despierte, va deglutiendo el contenido de las dos cajas. Con principios activos diferentes. Hasta la última de las píldoras. Después se acuesta, muy tranquila, curiosamente serena porque la muerte tardará poco en llegar. En la casa, todos duermen como si nada hubiera ocurrido. Lo ha conseguido esta vez, esta segunda vez.

Cuando, dos días más tarde, despertó en el hospital con una sonda plástica en un brazo, le llevó un rato entender. Dónde estaba, cómo estaba. ¿De verdad estaba viva? «Griselda, ¡nos diste un susto terrible!».

Necesitó varios días más para entender lo sucedido esa noche.

Griselda se había tragado cada una de las píldoras, todas ellas, las de una clase y las otras, como lo tenía previsto; nadie la había oído; acababa de acostarse y ya estaba por morir lo más tranquila cuando su pequeña hermana empezó a gritar en medio de la noche.

Todo iba a la perfección, Griselda había encontrado la llave del depósito que su padre había escondido (esa noche, el mundo no tenía secretos para ella), había logrado entrar ahí sin hacer el menor ruido, obtener dos cajas de barbitúricos diferentes y ocultarlos debajo del camisón por si acaso aparecía alguien, pero no: todos dormían. Había tragado varias decenas de píldoras sin necesidad de abrir el grifo de la cocina (porque lo había planeado todo, nada le impediría esta vez morir), pero esa noche la muñeca de porcelana, que dormía profundamente cuando Griselda se había tumbado en la cama convencida de que era su último sueño, esa noche la muñeca de porcelana se había despertado de golpe. «Mamá, ¡me siento mal, mamá!», gritó su hermana menor llevándose una mano a la oreja derecha. Su hermana tenía una otitis. La princesita, que jamás estaba enferma, que además era preciosa y buena, siempre dormía como un ángel; nunca se enfermaba, salvo aquella noche. La MADRE acudió de inmediato, encendió las luces y se topó con la escena siguiente: al fondo del dormitorio, la hermosa rubia gritaba, sentada sobre la cama; en la otra punta, en el suelo, había dos ojos revueltos bajo una cabellera oscura, o era más bien al revés. Porque la cara que estaba viendo la MADRE aparecía patas arriba, pero, como el resto de ese cuerpo no había abandonado por completo el colchón, la MADRE vio primero el pelo negro junto a unos blísteres de píldoras vacíos, después dos ojos, una nariz y una boca de la que se escapaba un hilo de saliva. Acaso porque la cara estaba al revés, la MADRE tardó un instante en reconocer a Griselda. Después soltó como un aullido, el padre apareció en el dormitorio y llevaron a Griselda al hospital, donde le hicieron un lavado de estómago.

No solamente no había muerto, sino que la había salvado la muñeca de porcelana.

La tercera vez que quiso morir fue algún tiempo después de esto. Tenía veinticinco años.

Para su nuevo suicidio, se procuró buenos medios. Ya no podía fracasar. Adiós a los barbitúricos. Compró un arma. Era más fácil que acceder a la despensa en el fondo del lavadero. Nada es más sencillo en La Plata que conseguirse un revólver. Todo el mundo quiere hacer la revolución, sea esta nacionalista, peronista, marxista-leninista o maoísta, y todo el mundo se procura armas para ello. Sin interrogarla sobre sus proyectos, una amiga le da un contacto en Berisso. «Te recomiendo que lo veas, es de confianza». Todo es tan sencillo esta vez.

Ahora Griselda trabaja, tiene dinero. Desde que sus padres aceptaron que se mude y viva sola, ayudándola incluso para que sea propietaria, convencidos por su psiquiatra de que así será mejor, que será mucho mejor para su equilibrio, desde entonces no hay nadie que la vigile. Así que toma un ómnibus a Berisso, con su dinero paga un revólver negro y se retira con el arma dentro del bolso de mano. Todo es tan sencillo esta vez. «Automático, superliviano, más fácil de utilizar que un juguete». Vuelve a su casa, deja el arma en la mesa del salón. Esta vez será la buena. Esta noche será la última, por fin. Está segura. Y aliviada, de verdad. Toma el arma, la carga como le enseñaron, la aprieta contra la sien y se dispara un balazo en la cabeza.

Todo sale como es debido: la bala perfora el cráneo. Esta vez, sí, Griselda lo consiguió. ¡Bang! La bala está dentro de su cabeza.

La bala sigue dentro de su cabeza. Bajo su cabello muy corto, tras la sien. Ocurre que se alojó en un pliegue de su cerebro, en un punto exacto donde su cabeza lo acogió sin hacerse el menor daño. Sin siquiera sangrar por dentro.

Existen ciertos resquicios en el cráneo donde podemos recibir una bala como si no hubiera pasado nada. Son cosas que pasan a veces. Pero es muy excepcional que la cabeza acoja una bala así, sin inmutarse. Conviene no hacer la prueba. Este tipo de misterio, esta clase de milagro, impresiona a los médicos, los mantiene a cierta distancia. «No vamos a operar, no. Aunque la bala penetró, todo está bien, así que no haremos nada».

La bala, por lo tanto, seguirá siempre dentro de ella. Para que ella no la olvide, tal vez. Para que ella no olvide que quiso morir. Pero morir de verdad, ¿eh?

Más tarde, Griselda dijo delante de la justicia: «Quise morir muchas veces. Llegué a pegarme un balazo en la cabeza. Y ni siquiera de este modo lo logré...». Los estudios médicos lo confirmaron. «Ahí está la bala, miren». En los artículos escritos tras el juicio, los periodistas mencionan la muy extraña aventura de Griselda: sus intentos de suicidio, una bala en la cabeza no es moco de pavo.

La bala continúa allí para que ella no olvide —acaso— que estaba escrito que no lograría matarse.

Todo va muy rápido

Griselda y Claudio se conocieron poco después de este episodio. La bala ya estaba alojada en su cabeza cuando ellos dos iniciaron su danza silenciosa en la librería, cerca de la plaza Italia. También cuando, meses más tarde, empezaron a verse en secreto, en el departamento que su padre farmacéutico la ayudó a comprar.

Griselda era mucho más menuda que Claudio, más pequeña en edad incluso, diez años menor que él. Se refugiaba en sus brazos como una muñeca rota. Por entonces la cicatriz era mucho más visible. «Hay un pedazo de plomo ahí dentro, ¿verdad? ¿Y, así y todo, me sonreís y me das besos?». Que Griselda hubiera esquivado la muerte para estar ahí, sana y salva junto a él, era algo inmensamente extraño. Claudio le acariciaba la sien izquierda, allí donde la bala había perforado el cráneo. «Todo eso se acabó, ahora estamos juntos...», decía Claudio abrazándola. La muerte, que no quiso saber nada con ella, terminó acercándolos.

Griselda tenía la impresión de que todo cobraba sentido cerca de Claudio, lo que había sido tanto como lo que no había sucedido. Era porque estaba escrito que él y ella debían amarse. Los gritos de la MADRE. Su infancia como relleno del sándwich. Los dedos de don Valerio. Los calzones de carne meneándose bajo sus nalgas. El cielo de las películas rusas. Sus cuadernos colmados de dibujos. El depósito de la farmacia de su padre, al fondo del lavadero. La llave para entrar allí, encontrada por azar dentro de un tarro en la cocina.

Pero no, no por azar.

Hacía falta que Griselda lo intentara una vez más para que terminase de comprender. Para persuadirse de ello, de manera definitiva: no había ningún azar en este asunto. Todo era como tenía que ser. Como la otitis de su hermana, ese tímpano doloroso que la había llevado a gritar y que, alertando a la MADRE, le había impedido morir en paz. Todo lo ocurrido y lo no ocurrido, todo aquello tenía sentido porque Claudio y ella debían amarse. ¿Qué duda podía caber? Su amor estaba escrito de antemano, a tal punto que su cráneo acogía una bala de plomo como un sapo puede tragarse una mosca. Esa bala en su cabeza era como la guinda del postre.

El destino había transformado un pedazo de plomo en mosca, en guinda o en lo que fuera. Era tan solo una huella de la muerte que ella había buscado tanto, que había deseado tanto y que ahora perduraba de esta forma para que ella no olvidase. Para que comprendiera de una vez. «Quiero que te metas esto en la cabeza, querida, que te metas bien esto en el cráneo —parecía decirle la bala—: Es necesario que vivas porque Claudio todavía no te conoció en la librería de la calle 6, es necesario que vivas lo que está escrito: que él debe amarte con locura, ¿está claro?».

Sí, así de simple.

Por entonces él trabajaba en un restaurante de la universidad, pero lo más importante en su vida era su actividad en el sindicato universitario. Pese a que, en los últimos tiempos, su compromiso sindical le servía principalmente para esconder sus amores clandestinos. Claudio se servía cada vez más del pretexto de ciertas reuniones tardías para verse con Griselda en la casa de esta última.

Al principio se daban cita, coordinaban los encuentros, pero después no hizo falta que se pusieran de acuerdo. Estar juntos era un hábito, incluso una necesidad, el domicilio de ella era el lugar al que Claudio se dirigía rápidamente en cuanto terminaba su día de trabajo. No bien llegaba la hora en la que él sabía que podría encontrarla allí, subía corriendo de a dos los peldaños de la escalera que llevaba a la casa de Griselda. Verla asomar por el umbral de la puerta tenía siempre algo de milagro. Claudio murmuraba aliviado: «Todo está bien, ya estoy acá». Y Griselda se apretaba contra su cuerpo macizo.

La frente de Griselda le llegaba al pecho, él sentía ahí su cabeza y se olvidaba de todo. Apoyada contra él, Griselda cerraba los ojos y su respiración se detenía.

—1974, 1975. Todo fue muy rápido —dijo Griselda en la mesa de Le Bûcheron.

Yo seguía tomando apuntes en el cuaderno que había reservado para su relato, llevábamos casi tres horas en aquel café con nombre de leñador y Griselda hablaba sin tregua, sin que yo tuviera que hacer preguntas. Pero, de pronto, los recuerdos se mezclaban y confundían.

—Todo fue muy rápido —volvió a decir.

Griselda hablaba de la represión de 1974 y 1975, de la violencia que entonces había estallado en Argentina, de la tensión entre grupos de extrema izquierda y extrema derecha.

—Todo fue muy rápido.

Hablaba del amor también. Griselda hablaba de Claudio.

Hablaba de la violencia y del amor al mismo tiempo.

De repente, alzó los ojos y me miró. Quería darme una fecha exacta.

—8 de octubre de 1974, te ruego que apuntes bien la fecha, ¿ya está?

La repitió sin moverse de su silla, echó un vistazo al cuaderno para confirmar que yo no hubiese cometido un error.

—Eso mismo, 8 de octubre de 1974.

Ese día, en los locales del sindicato, un grupo veló los cadáveres de dos militantes que acababan de caer asesinados. Griselda estaba con Claudio y con los demás. A decir verdad, eran muy numerosos, unas cincuenta personas. Atónitos por ese brote de violencia, queriendo demostrar que no retrocedían. Entonces, después de velar a los dos sindicalistas, resolvieron escoltar los ataúdes hasta el cementerio. Eran muchos los que marchaban en silencio, todavía más numerosos que en el local del sindicato. Unos coches sospechosos los siguieron, personas que a todas luces no eran parte de su núcleo. Ese cortejo era una mezcla extraña. Se tropezaban entre ellos. Se habían abrazado antes, en la sede del sindicato, habían llorado juntos dándose valor. Pero, una vez en la calle, todo resultó confuso. No se sabía quién era quién, a imagen de lo que ocurría a mayor escala en el país. La misma confusión general. En un momento, alguien se aproximó a Claudio, se instaló a espaldas de él y le susurró al oído: «Vos sos el próximo». Cuando Claudio miró atrás, ya había desaparecido.

Por la noche, apenas Claudio le contó lo sucedido, Griselda tuvo la impresión de haber oído la misma voz en la multitud a su alrededor. *Vos sos el próximo.* Sí, esta amenaza en sus oídos. Todo lo que involucraba a Claudio la concernía también, por eso mismo, ella había oído esa frase, por más lejos que estuviera. Sí, *el próximo.*

Todos los días había nuevos próximos. Pero esta vez se trataba de Claudio, lo amenazaban a él de muerte.

Y como todo estaba escrito de antemano...

¿Qué futuro les esperaba? ¿Qué iban a descubrir pronto? ¿Que, en efecto, el próximo era él? ¿O que los dos, ella y él, eran los próximos?

—1974, 1975, todo ha sido muy veloz.

Griselda hablaba de la violencia. Hablaba del amor. Hablaba del miedo, también. De todo esto a la vez.

Griselda se acuerda bien: algunos días más tarde, la policía buscó a Claudio en su casa, allá donde él vivía con Janine y con sus hijos. Claro que esta policía deseaba meterlo preso, exterminarlo. Por suerte, cuando irrumpieron Claudio estaba en casa de Griselda. Y nadie conocía la dirección de ella. Uf, salvado, aquel amor lo protegía.

Pero los hombres se llevaron a la esposa y a los hijos de Claudio. Al día siguiente de la detención, los abuelos recuperaron a los nietos. Mientras que Janine, en cambio, permaneció encarcelada.

—Todo ha sido muy veloz —volvió a decirme Griselda.

Después de aquella advertencia murmurada en los oídos de Claudio, después de que detuvieran a su familia y encarcelaran a su mujer, él y Griselda no se separaron más.

Era Griselda quien ahora se esforzaba en tranquilizarlo. «Todo está bien, acá estoy», le repetía.

Pero nada estaba bien.

Claudio podía estar a salvo, pero se sentía culpable.

Vivía escondido en la casa de su amante, porque ella era su amante, no había querido admitírselo a sí misma, pero ella era su amante. Era la otra mujer. Y, ahora, cuando ella lo abrazaba, los ojos de Claudio se quedaban clavados en el techo.

Claudio pensaba en sus hijos, tenían que estar aterrados tras lo ocurrido. Se imaginaba los golpes contra la puerta, los tipos entrando con violencia en la casa, en el medio de la noche, los gritos por todas partes, «tu marido, ¿dónde está tu marido?». Los cajones que se vacían y se arrojan de una punta a la otra de la habitación, los cuadernos que se inspeccionan, hasta el más pequeño de los papeles, en busca de nombres, de indicios. «Tu marido, ¿dónde está?». Pero, claro, nadie apunta la dirección de su amante en una hoja de papel y lo deja en su domicilio conyugal. Esto lo había salvado. Su doble vida, su cobardía, sus engaños. Y era Janine, en vez de él, la que se pudría en la cárcel. Era la madre de sus hijos. ¿Acaso la habían golpeado? ¿Qué iba a suceder ahora? «Todo está bien, acá estoy», le repetía Griselda.

Pero no, nada estaba bien.

—Lo que ocurrió después fue muy rápido —dijo Griselda.

Todo fue demasiado rápido.

Por suerte, la familia francesa de Janine tenía contactos, conexiones en el más alto nivel, y estos contactos incluían a De Gaulle.

Griselda sabía de sobra que De Gaulle ya estaba muerto en 1975.

Pero aquellas conexiones familiares incluían, así y todo, a De Gaulle. Una llamada telefónica a la persona indicada en honor a la memoria del general. Alguien que la familia de Janine había conocido en Londres, en la guerra o vaya a saberse dónde. Suficiente para que la embajada francesa en Argentina interviniera y liberasen a Janine. Algunas horas después, ella y sus hijos tomaban el primer avión a París.

Todo era muy rápido.

Todo se quebraba, se rompía y avanzaba al mismo tiempo.

La pareja de Claudio, la Argentina.

El amor, también, avanzaba a toda prisa. Nada lo podía detener.

La fuga

Griselda decidió vender cuanto fuera posible: el pequeño departamento donde ella vivía y que su padre la había ayudado a comprar, su automóvil. «Qué locura, Griselda, ¿qué estás haciendo?», decía la MADRE, mientras la hija metía en un viejo equipaje unos objetos personales que había dejado en la casa de sus padres.

Sin tiempo para conversar, sin tiempo para explicaciones porque todo sucedía muy velozmente, había que seguir el ritmo.

Gracias al dinero que lograron reunir, Claudio y Griselda viajaron de La Plata a Buenos Aires y, de allí, sin perder tiempo, continuaron hasta Paso de los Libres, antes de cruzar a Brasil. Claudio tenía unos documentos falsos. Había alterado su aspecto con el fin de parecerse al hombre de su pasaporte, se había dejado crecer el bigote. Claudio iba a cruzar en primer lugar. Los documentos de Griselda eran genuinos, nadie la buscaba a ella. Tan pronto como él estuviera del lado brasileño, ella cruzaría a buscarlo.

Atravesar la frontera en Paso de los Libres era toda una locura. Qué ironía, ahora que lo piensa: Paso de los Libres era el lugar ideal para que los detuvieran. Controlaban de cerca a cada viajero. No solo los documentos, también las caras. En Paso de los Libres había policías, pero además estaba lleno de traidores, de mil dedos que apuntaban desde las sombras. Todo un centro de informantes y soplones.

Claudio y Griselda iban a meter las cabezas en la misma boca del lobo.

Los documentos falsos de Claudio pasaron, sin embargo, por legítimos. Los soplones no lo reconocieron, a no ser que mirasen todos a la vez en otra dirección. Después fue el turno de Griselda. Y los dos cruzaron a Brasil sin problemas. Como si lo que debía ser complicado y peligroso resultase muy sencillo para ellos.

Habían metido las cabezas dentro de la boca del lobo, pero el lobo no había querido saber nada.

¿Qué pasa con Griselda, entonces?

El dinero de Griselda les permitió financiar todo lo que vino después. En Brasil compraron dos billetes para París.

Claudio viajó con sus documentos falsos, Griselda con los papeles en regla.

Apenas llegar a Francia, una de las primeras cosas que él hizo fue llamar a su mujer, Janine, que vivía en casa de sus padres, cerca de la plaza de Ternes. Después de semanas de angustia volvían a verse, por fin. Sus hijos no eran los mismos, los últimos hechos los habían cambiado enormemente. Dos meses habían pasado desde la irrupción de la policía en La Plata. Pero a la vez parecía haber transcurrido más tiempo. Griselda recuerda que Claudio le dijo más de una vez que los ojos de Sylvain y Damien no eran los mismos. Habían tenido miedo, claro. Y esto los había cambiado.

Los padres de Janine se ocuparon del asunto de los papeles, explicando con las palabras y las frases más oportunas que el marido de su hija no había tenido elección, que había usado el pasaporte de un amigo para salvar el pellejo, para volver a encontrarse con sus hijos y con su esposa, todos franceses. Sus suegros y su mujer sí que sabían hacer las cosas.

¿Y Griselda? ¿Qué pasa con Griselda, entonces?

Cuando Griselda aterrizó en Bobigny, en un hogar para extranjeros, ya se había evaporado casi por completo el dinero que ella había ahorrado.

Todo fue muy veloz también para ella. Se volvió una refugiada. Claudio la ayudó y la orientó con los trámites. Era más sencillo que hoy, me explica Griselda. Otros tiempos, realmente.

Todo ocurrió muy deprisa, Griselda ya no recuerda de qué manera, pero de golpe se vio con un título de refugiada y otros papeles a su nombre, porque había huido de Argentina junto a Claudio.

Sin embargo, ¿estaban juntos todavía? ¿O vivía sola en Bobigny?

En realidad, vivía sola. De pronto caía en la cuenta de eso. Y, mierda, ¿había hecho todo aquello para terminar así, como una idiota, en una vivienda siniestra? ¿Había sacrificado todo por él? ¿Se había arriesgado para que él la abandonara de este modo?

Claudio estaba tranquilamente instalado con su esposa y con sus hijos en el gran domicilio de sus suegros. Seguro que comían a diario sobre un hermoso mantel blanco.

Mierda, la habían engañado... Ella había abandonado todo, había sacrificado todo. Había corrido el riesgo de que la apuntaran con un dedo en

Paso de los Libres, el riesgo de evaporarse para siempre en una suerte de agujero negro. Había arriesgado su vida. Como él, pero también por él. No había dudado un instante porque se amaban. Y ahora, una vez en París, él llevaba la vida tranquila de un burgués. Su gran amor la había plantado para estar junto a sus hijos y su esposa. Mientras que ella...

«Pero no, Griselda —aseguraba Claudio—. Eso no es cierto, por favor. Mirame, acá estoy, con vos. Vengo a visitarte. Ya lo ves... Y te amo».

«Y te amo» cerraba la lista de sus excusas.

Al término de la lista.

Antes de que follaran y no hablaran más del asunto. En un hogar de refugiados, en Bobigny.

Griselda empezó a trabajar haciendo la limpieza en un hotel.

Janine no quería ni oír el nombre de Griselda. La pesadilla argentina había terminado, la familia que ella formaba con Claudio se había reunido de nuevo y todo estaba bien así.

Claudio, en verdad, no tenía demasiada idea de dónde estaba parado... Se sentía de nuevo culpable. Frente a Griselda, esta vez. Es cierto que ella había sacrificado todo por él. Pensaba en lo que ella le había dicho. En lo que él había adivinado, también. Sola, sin familia, sin país, Griselda había perdido todo. Griselda no hablaba francés. Tenía un pedazo de plomo en la cabeza. Y a veces esto le producía dolor. Un dolor terrible, incluso. Y no contaba con nadie a su lado para ayudarla. Mientras que él vivía como un privilegiado, con su esposa y con sus hijos, cerca de la plaza de Ternes.

Janine hacia lo imposible para que Claudio se quedara cerca de ellos y no fuese a Bobigny. Había conseguido un trabajo para ella y un curso de francés para él. Sylvain y Damien habían empezado a estudiar en la escuela, una vida casi normal se ponía en marcha.

¿Y Griselda? ¿Qué pasa con Griselda, entonces? Él no podía hacerle algo así.

Muy pronto Claudio empezó a alternar entre las dos. Pasaba una noche en Bobigny y otra noche en el elegante domicilio de París con su mujer, con Sylvain y con Damien.

¿Y Griselda?
Ella había dado todo por él, mierda.
Lo había arriesgado todo, incluso ante la boca del lobo.
Por supuesto, Claudio decía que si pasaba algún tiempo con Janine era para estar con sus hijos. Pero el hogar de sus suegros era el hogar de Janine y también, un poco, el hogar de él, Griselda no se dejaba engañar.
Ya no era como antes entre ella y él. Sentía que Claudio se alejaba, que lo perdía.
A veces, él se ponía hablar de Angola, de la revolución y de los viejos sueños. Pero al día siguiente regresaba al lado de su mujer.

Una mañana, muy temprano, un funcionario judicial apareció en Bobigny para constatar el adulterio.

Griselda nunca olvidará la humillación de esta escena. El hombre palpó el colchón a ver si aún estaba caliente. Luego estableció una lista con las ropas amontonadas en la silla tambaleante que había en la habitación: ropa interior de mujer, calzoncillo masculino. En la habitación de al lado, un bebé se puso a llorar, el ruido lo había despertado. El viejo africano de la habitación de enfrente asomó la cabeza por el marco de la puerta. Griselda también se puso a llorar. Y de repente, en su cráneo, sintió el latido de la bala como si ese pedazo de plomo cobrara vida, como si ese pedazo de plomo se burlara de ella.

Griselda sentía vergüenza. Griselda tenía miedo y estaba perdida.

Entonces, un poco después, tuvo una idea. ¿Y si viajaba a Argentina para ver cómo estaba todo? La presidenta Isabel Perón había llamado a elecciones. La gente desaparecía y, entre las sombras, asomaban muchos dedos acusatorios. ¿Y si pronto terminaba esta pesadilla, si se acababa de veras?

Aunque no le quedaba nada del dinero obtenido un año antes con la venta de su casa y de su coche, había ahorrado una parte de lo ganado en París con la limpieza. Con esto podía pagarse un pasaje para Argentina. Una vez allá, vería qué hacer. Claudio podría divorciarse y regresar no bien se calmara un poco la situación política. Griselda tenía confianza.

Por otra parte, conservaba su pasaporte argentino, el pasaporte de ella no era falso.

Nadie la estaba buscando, podría volver sin problemas al territorio argentino. Era Claudio el prófugo. Ella, en cambio, ¿tenía algo que temer?

Para ir hasta Argentina, tuvo la idea de viajar haciendo diversas escalas. París-Bogotá, Bogotá-Caracas, Caracas-Santiago de Chile. De ahí, volaría a Buenos Aires. Desde el Chile de Pinochet.

Por las dudas, en su equipaje introdujo su título de refugiada política. Tenía, de hecho, dos pasaportes: el argentino, legal y normal, el pasaporte de una argentina de viaje, el único documento que le permitía regresar al país. Y el otro, el título de la OFPRA, también legal. Pero este último, en cambio, proclamaba que Griselda no se sentía en seguridad en Argentina, que había pedido y obtenido asilo político en Francia.

¿Era una buena idea?

No.

Su cara de refugiada

Estábamos a principios de 1976. Cuesta imaginar un peor momento para su regreso.

Griselda no olvidará nunca la escena. Se encontraba en el aeropuerto de Santiago de Chile. Hacía cola frente a los controles, con el pasaporte argentino en una mano. El pasaporte de antes de Bobigny, el que iba permitirle regresar a su país.

Pero la fila no avanzaba.

De golpe, unos policías llegaron para ayudar al hombre que trabajaba detrás del mostrador. Y enseguida aparecieron también unos militares, tres o cuatro, armados hasta los dientes. En un abrir y cerrar de ojos, Griselda tuvo frente a ella una pequeña tropa azul y caqui.

Un policía se puso a hacerle preguntas a la mujer que encabezaba la fila. Uno de los militares le pidió el equipaje de mano y la mujer volcó su contenido en una mesa de formica. Al mismo tiempo, otro militar palpaba las costuras, los dobladillos, inspeccionaba hasta las correas de cuero deslizando sus dedos a lo largo de ellas, de punta a punta, no fuera a ser que hubiese algo escondido en el interior.

Griselda llevaba consigo el título de refugiada. El papel donde se indicaba que no era simplemente una argentina sin problemas y con un pasaporte oficial en la mano. De pronto, comprendió su error. Si la policía encontraba este otro papel sería el fin.

Así que Griselda dio un paso, después otros, de modo muy ostensible, como si de pronto sintiera el deseo urgente de orinar, y se dirigió hacia el baño.

Se encerró allí bajo llave y abrió su bolso de mano. El título de refugiada estaba ahí. Ahora tenía que destruirlo de inmediato, tenía que deshacerse de esta cosa.

En muy escasos segundos, las páginas interiores del documento terminaron en el fondo del inodoro, convertidas en papel picado. Santo remedio, uf.

Pero la foto resistía, mierda, era sólida, su foto con el sello de OFPRA estampado en la cara. Dura y tenaz, su cara de refugiada. Claro, si hubiese tenido una tijera, un cuchillo o una navaja de metal todo habría sido más sencillo, pero buscaba en el bolso y no había nada de eso. Trató de desgarrar su rostro con las uñas. Probó, en vano, con los dientes.

Los incisivos, los caninos, imposible. Tan solo llegó a infligirle unos ligeros arañazos a su cara de extranjera. Y, para colmo, quedaba la cubierta del documento, en cartón. Aunque había destrozado en pocos segundos el interior, la cubierta era tanto o más resistente que la foto.

Arrojó todo dentro del inodoro y apretó el botón. Vio que su cara de refugiada giraba como en una calesita, enloquecida en el centro del remolino de agua. Justo en el medio. Una vez, dos veces, tres veces volvió a accionar el maldito botón. Pero siempre que el remolino se detenía, su cara continuaba ahí, sobre la cubierta de cartón que el agua inflaba, deformaba. Era todo lo que había podido obtener: una suerte de hinchazón.

La cubierta y la foto eran demasiado tenaces, imposible las dos cosas a la vez. De modo que metió las manos en el agua y rescató la cubierta, lo más urgente era sacarse de encima esa foto con su cara.

Esperó hasta que se llenara una vez más la reserva de agua para arrojar el más grande de los torrentes contra su cara y sumergirla del todo. De pronto, alguien golpeó la puerta, Griselda gritó: *¡ocupado!* ¿Cuánto tiempo había transcurrido desde que había entrado ahí? Tuvo ganas de vomitar. Al tercer intento, por suerte, su cara de refugiada desapareció arrastrada por el agua.

Por un instante, observando aquel remolino, creyó que se había salvado.

Pero aún faltaban la cubierta de cartón y alguien se impacientaba afuera. *¿Se siente bien, algún problema?*

Transpiraba cada vez más, un sudor helado le cubría el cuerpo, como una ola que corre de la cabeza a los pies y que, acto seguido, asciende...

Sintió un mareo, quizá perdió el conocimiento por un rato, tal vez los golpes en la puerta la hicieron volver en sí o tal vez fue la voz inquieta, al otro lado. *¿Necesita ayuda, quiere que llame a alguien?* Griselda tartamudeó: *No, no, todo bien*, pero qué hacer con la cubierta de cartón, temía que aquella voz tan preocupada saliera en busca de alguien para sacarla por la fuerza, de modo que plegó una y otra vez el cartón hasta transformarlo en un cubo irregular, en una especie de acordeón abollado que deslizó, como pudo, entre la cisterna y la pared. Luego apretó el botón de nuevo, para asegurarse de que su cara de refugiada realmente se hubiese ido, para que no reapareciera en el fondo del inodoro. Confirmado, la foto ya no estaba ahí.

Entonces, por fin, salió.

Pronto llegaba su turno para el pasaporte y la revisión.

Una mujer pasó cerca, con un balde y una suerte de escobillón. La mujer le sonrió, si es que no le guiñó un ojo. Griselda recuerda a las claras que pasó una mujer, aunque quizá fueron dos. En todo caso, creyó entender que habían encontrado los rastros de sus papeles tras la reserva de agua. Que habían comprendido todo. A lo mejor, todo es posible, su cara había resurgido del fondo del agua. Pero, si la mujer le sonreía, si incluso le guiñaba un ojo, quería decir que no había nada que temer, que su compañera y ella se habían ocupado de todo. De que el pasaporte desapareciera.

Al instante llegó su turno y, mientras el policía la interrogaba y mientras un militar volcaba todo el contenido de su bolso en la mesa de formica, Griselda seguía totalmente persuadida de que nada malo le podría ocurrir. Aún lo recuerda: pese al momento de pánico en el baño, de pronto se sentía más tranquila que nunca. Y eso la protegió, sin duda, de un interrogatorio intenso.

Es clave conservar la calma.

Regreso a La Plata

Su hermana soltó un grito cuando la vio aparecer en su casa de La Plata. Griselda no había avisado a nadie de este viaje. «¿Qué hacés acá?». Su hermana, siempre muy rubia y ya convertida en mujer, susurraba y gritaba a la vez; se diría que murmuraba, pero en verdad exclamaba: «Estás loca, ¿qué te agarró? ¿Por qué volviste?». Su hermana esperaba a una pareja de amigos para cenar, dos personas que Griselda conocía bien. Tan pronto como llegaron y la vieron, los dos se echaron a llorar. «Griselda, ¿qué estás haciendo?». La mujer se cubría la cara con las manos, el hombre decía: «Pero te van a matar, ¿no estás al corriente de lo que sucede acá? ¿No sabés lo que está pasando, Griselda?». También el hombre susurraba y gritaba a la vez.

Al día siguiente, fue a ver a su padre. La MADRE ya no estaba viva. Le había llegado la noticia de su muerte, pero tan solo allí, en la casa silenciosa, tomó verdadera conciencia. Su padre estaba muy feliz de verla. Menos sorprendido e inquieto que su hermana, la abrazó. *Griseldita, mi amor.* Su padre siempre la amó, pero ella no podía quedarse ahí, no podía volver al punto de partida bajo ese mismo techo donde se había peleado a gritos con la MADRE. Así que volvió con su hermana, que la llenó de consejos. «No salgas tarde por la noche, Griselda, no hables con nadie, prestá muchísima atención».

Griselda se acuerda bien: pasó cuatro o cinco días en la casa de su hermana sin poner un pie en la calle. Hasta que tuvo ganas de ver de nuevo la plaza Italia, de pasar por la librería donde había conocido a Claudio. Se ató el pelo, que por entonces le llegaba hasta los hombros, y salió.

Había un hombre junto al ascensor y subió detrás de ella. Un vecino, probablemente, pero a decir verdad no lo sabía. «Usted es la hermana, ¿no?». Griselda se limitó a asentir con la cabeza. Al llegar a la planta baja, salió del ascensor antes que el tipo y se alejó sin mirar atrás.

En plaza Italia, se instaló en un banco, al margen de la gente.

Pero no estuvo a solas mucho tiempo.

Un hombre se sentó a su lado. ¿El mismo del ascensor, el vecino de su hermana? No lo sabe, no está segura. No había mirado bien al hombre que le habló en el ascensor. Uno llevaba sombrero, el otro no, piensa hoy. Y, además, el segundo hombre la tuteó: «Yo sé quién sos vos, Griselda. Venís de Francia, *yo sé quién sos*».

Griselda no respondió nada.

El hombre, entonces, pidió noticias de Claudio y ella sintió que se asfixiaba. Sin duda, el hombre sabía quién era ella.

Esto ocurrió el 23 de marzo de 1976.

No tiene la menor duda. Es simple: al día siguiente en la radio anunciaban el golpe de Estado.

Poco después, voló de regreso a París.

Otra vez Bobigny. El ultimátum

Griselda obtuvo otra habitación en el mismo albergue para extranjeros. Y, al mismo tiempo, otro empleo en un hotel, de nuevo haciendo la limpieza. No tenía noticias de Claudio. Por un tiempo supuso que estaba en Angola, persiguiendo sus viejos sueños, que eran tal vez los sueños de ambos, ya no estaba tan segura de esto último. De todas formas, Claudio, en cuanto pudiera, iba a enviarle una señal para que se reuniera con él. Sin embargo, poco después de su regreso a París, unos argentinos que eran conocidos de los dos y que vivían con ella en el albergue para extranjeros le contaron compungidos que Claudio no estaba haciendo la revolución en Angola. Vivía de nuevo en el hogar de sus suegros, cerca de la plaza de Ternes, con Janine y con sus hijos. Era como un prisionero de la vida de familia. Tomaba cursos de francés. En cuanto se las arreglara algo mejor con el idioma, la familia de Janine lo ayudaría a conseguir un trabajo.

La ira embargó a Griselda.
Se sintió deshonrada.
Se sintió más sola que nunca.

Había arriesgado todo por este hombre. Había perdido lo que tenía, había gastado todo el dinero para fugarse con él.

Griselda se sintió humillada. Primero había comprendido que era «la otra», ahora comprendía que no era nadie. Pero sabía, además, que no era posible regresar a Argentina.

Entonces, tumbada en la cama, se puso a llorar. A llorar como antes.

Griselda no estaba bien.

La bala dentro de su cráneo volvía a latir. Se burlaba nuevamente.

Tenía ganas de morir. Muchas ganas, esta vez. Como siempre o más que nunca, quizá.

No veía otra salida. De noche, en la cama, después de llorar, imaginaba cómo quitarse la vida.

Cuando pensaba en aquella bala alojada en su cabeza, Griselda lloraba y reía al mismo tiempo. Era fuerte, pero ¿cómo terminar con todo de una vez? Porque, mierda, *yo sé quién sos* y vos no morís tan fácil. Qué fuerte, sí. Mucho. La bala se burlaba nuevamente, lo sabía a la perfección, pero esta vez ella iba a conseguirlo, esta vez no desperdiciaría la oportunidad. Griselda no iba permitir que Griselda se le escapara de las manos.

¿Sus amigos en común fueron a alertar a Claudio?

Un día, él llamó a la puerta de su habitación, al término de una jornada de trabajo, como solía hacerlo en La Plata. «Todo está bien, acá estoy».

Su olor no había cambiado. Claudio era siempre igual de alto. La frente de Griselda, como de costumbre, llegaba a la altura de su pecho. Como desde el primer día, ella hundía la cabeza entre sus pectorales y se olvidaba de todo. Nada había cambiado: pegada contra él, cerraba los ojos y su respiración se detenía. En su cabeza, de pronto, todo era paz.

Entonces todo volvió a ser como antes de su viaje a la Argentina.

En el mejor de los casos, tenía al hombre de su vida dos noches sí y una no. En el peor de los casos, una vez por semana.

Hasta que, una noche, Griselda no corrió a abrirle la puerta antes de apoyar la frente contra su pecho y, otra noche, Griselda tardó en abrir, miró a Claudio intensamente y le lanzó un ultimátum.

—Porque a veces es lo que hay que hacer con los hombres.

Esto me dijo, textualmente.

Griselda echa un vistazo a mi cuaderno, quiere confirmar que apunté que una noche le dijo a Claudio: «Ya estoy harta, no puedo más. Es simple, te quedás con Janine o conmigo. Si elegís a Janine, no quiero verte nunca más».

Claudio eligió a Griselda. Y todo lo que ello implicaba: el suburbio triste, el dinero escaso. El divorcio. En vez de la plaza de Ternes, un albergue en Bobigny. La prueba de que la amaba.

También optó por lo que vendría después. Pero esto él no lo sabía. Nadie podía saberlo.

«Cómo sigue, ya lo sabés»

—Cómo sigue, ya lo sabés —me dijo Griselda.

Quedó embarazada por primera vez.
Después el padre Adur les consiguió un trabajo como conserjes en el liceo T.
Cuando se instalaron ahí, Griselda tenía un vientre enorme.
El padre Adur los casó en la pequeña capilla, al fondo del patio.

—Pero esto ya te lo conté —dijo Griselda.

Flavia era hermosa. Tranquila y sonriente desde el primer día. Desde que nació.
—¿Viste lo linda que es?

Flavia era la hija con que ella había soñado, la niña que a ella le habría gustado ser.
Flavia tenía rasgos finos, ojos grandes y negros como los suyos, pero más hermosos. Es simple: Flavia heredó lo mejor de su padre y de su madre. Siempre fue la hija perfecta. Era su hija, ¡la hija de ella! Y hay que ver cómo trabaja, hay que ver lo valiente que es. Lo libre que es.
—¿Viste sus fotos?
Asiento con la cabeza. Flavia es una fotógrafa excelente, publica a menudo en la prensa, su trabajo es reconocido. Griselda está orgullosa de ella. Baja los ojos y sonríe ruborizándose, tan orgullosa se siente de ser la madre de esta hija. Orgullosa de su coraje.

Flavia es menuda, pequeña, de aspecto grácil. Pero es de todo menos frágil. Flavia tiene una fuerza increíble. Viaja a menudo para hacer algún reportaje en los contextos más duros. La enfermedad, la guerra, la miseria no la detienen. Sus reportajes la han llevado a Colombia, a Etiopía, a los campos de refugiados en el norte de Irak, al Congo y a Guinea en tiempos de epidemias, de tensiones o de conflictos. No le da miedo correr riesgos físicos. Es un asunto que no parece tomar en cuenta. Que no la frena, en todo caso. De esos lugares donde se sufre y se lucha, Flavia espera volver con imágenes. Flavia «debe» volver con imágenes para que nos enteremos, para que veamos. Es su trabajo y eso es lo que le importa. Griselda tiene derecho a estar orgullosa, claro.

Suficiente para borrar todas las humillaciones y toda la maldad de la MADRE.

No nació rubia, como la princesa soñada por la MADRE. Pero Flavia es mucho más que una princesa, no hay duda acerca de ello.

Flavia salió de su vientre.

—¡Y ya ves todo lo que ha conseguido!

El padre Adur bautizó a Flavia en la misma capilla donde casó a Claudio y Griselda. Una vez que se instalaron en el liceo T., ocurrió lo que es sabido. Entre la conserjería, el pequeño jardín cercado al fondo del patio y los contenedores de basura que ellos debían sacar...

El padre Adur vivió un tiempo en el liceo, en una habitación pequeña en la otra punta del patio. Otros religiosos también vivían allí, unos diez, acaso, no muchos más...

Griselda se acuerda bien: cuando terminaba el día y el liceo cerraba sus puertas, todo volvía a ser silencioso y ellos oían al padre Adur, que desde el extremo opuesto del patio les gritaba: *vecinos, vecinitos*, con un tono de voz lleno de alegría. Se habría dicho que cantaba, quizá era el estribillo de alguna vieja canción, una canción que Griselda no conocía, en todo caso él los llamaba así, *vecinos, vecinitos*, siempre apoyándose en la misma melodía. Griselda o Claudio asomaban de la conserjería, le hacían una seña y el padre Adur iba a tomar mate con ellos. Si hacía buen tiempo, se encontraban en el jardín, en su parque en miniatura. Hasta el día en que el padre Adur dejó el liceo para volver a Argentina, antes de desaparecer en Paso de los Libres. Sí, ahí mismo, en Paso de los Libres había desaparecido para siempre su benefactor. En 1980, en el exacto lugar donde poco antes Claudio y Griselda habían arriesgado sus vidas.

Claudio, Griselda y Flavia vivían en una única habitación.

Más tarde llegaron los dos hijos varones. Y de pronto fueron cinco en aquella pequeña conserjería. Claudio tuvo entonces la idea de instalar las literas.

—... pero de esto te acordás —dijo Griselda.

Tendría que acordarme. Griselda tiene razón.

Porque hace bastante tiempo que conozco a Griselda y a Claudio. Fui varias veces al liceo T. en la época en que ellos dos albergaban a mi padre. Eso duró varios meses. Y ocurrió poco después de la liberación de mi padre, después de que él pasara seis meses preso en esa Argentina que acababa de abandonar pese a que había salido en libertad condicional. Porque había desapariciones y mi padre tuvo miedo. Pero mis padres habían decidido separarse, por eso él se instaló con Claudio y Griselda mientras buscaba una solución. Después de la etapa sombría que ya he evocado en tres libros, *La casa de los conejos*, *El azul de las abejas* y *La danza de la araña*, mi padre pasó un tiempo allá. En esa diminuta conserjería donde vivían cinco personas: Boris, el último hijo de Claudio y Griselda, acababa de nacer.

—Tu padre fue su padrino, ¿lo sabías?

No, esto no lo sabía.

O tal vez sí, pero me olvidé.

Claudio y mi padre se habían conocido en Cuba años atrás y eran amigos desde entonces. Se habían visto con frecuencia en la ciudad de La Plata, antes del encarcelamiento de mi padre. Y se habían vuelto a encontrar durante su exilio en París. Ahí se habían ayudado todo lo posible.

Yo tenía catorce años cuando conocí a Claudio, a Griselda y a sus tres hijos, en París. Tendría que acordarme, sí. Atesoro en mi memoria, con increíble claridad, recuerdos aún más lejanos. Pero todos los recuerdos que me quedan de ellos y de sus tres hijos resultan difusos, borrosos. Las imágenes se superponen. Veo a un niño en una silla enorme, pero no logro establecer si se trata de Boris o de Sacha. Sus rasgos, es más, se confunden con los de Flavia.

Griselda advierte que mi memoria flaquea.

—Un día viniste a comer un asado. Volvías de las vacaciones, era el final del verano. Te quedaste un buen rato después de cenar. Seguro que te acordás.

Griselda me describe la conserjería. Las dos literas, una para ellos dos, la otra para los hijos. Durante el tiempo que mi padre vivió allí, dormía en el gran sillón, debajo de ellos. Por un tiempo fueron seis en ese minúsculo espacio. Querían mucho a mi padre, les alegraba ayudarlo. Después, mi padre partió.

—¿Ves ahora cómo era? ¿No te acordás? —me pregunta.

Desde su litera, la *mezzanina* de los padres, Griselda vislumbraba a Flavia, a Boris y a Sacha en sus respectivas camas.

Esas literas, por cierto, parecían dos enormes balsas. Bastaba que ella orientase la cabeza hacia los niños para entender que la balsa de ellos llevaba la delantera. La *mezzanina* de los padres siempre iba detrás. Para que pudieran tener siempre a la vista a sus hijos. Sobre todo ella, Griselda, no quería perderles la huella. Era muy tranquilizador que aquellas dos literas estuvieran al mismo y exacto nivel. «Siempre fui una madre gallina», dice Griselda. Sí, siempre ha cuidado de ellos.

Griselda sonríe. Griselda se pone seria. Parece estar lejos, muy lejos. Griselda se calla.

Después se pone a hablar de nuevo.

Nunca se sintió tan feliz como entre 1978 y 1984.

—Feliz, en serio.

Griselda me mira a los ojos. Se pregunta si capto lo que me dice. Si entiendo que me dice la verdad. Y se quiere, tal vez, asegurar de que lo vuelco por escrito en mi cuaderno.

Era feliz, nunca se sintió tan feliz.

Lo escribo.

Con sus tres hijos cerca de ella. Feliz, sí.

Los hijos, en su *mezzanina*, estaban enfrente o delante de ellos, depende de cómo se examine la cosa. Estaban casi al alcance de la mano.

Los ojos de Griselda se ven luminosos y húmedos al mismo tiempo.

Con aquellas dos literas que Claudio había instalado en la conserjería, fue como si hubieran creado una planta suplementaria. Salvo que no era una planta de verdad. O, si lo era, se trataba de una planta con agujeros.

Estaban los hijos y estaba también el jardín.

Como un parque en miniatura y exclusivo para ellos.

Claudio había plantado rosales, se ocupaba además del huerto. Ellos se sentían muy felices. Griselda se sentía muy feliz.

El espacio era pequeño, desde luego, pero habían hecho lo imposible para que todo entrara en la conserjería.

Hasta aquel viernes tan inexplicable...

—Sabés lo que pasó después, ¿no? Me refiero a ese día, ¿sabés? —me pregunta Griselda.

Asiento con la cabeza.

Ese día

No puede afirmarse que Griselda «recuerde» lo que ocurrió.

Cuando recurre a su memoria, la sensación es muy distinta.

¿De qué se trata, por lo tanto? ¿Qué nombre darle a ese don que le permite decir lo que sucedió ese día?

Griselda no recuerda nada, no. Pero «conoce» ese día. Sabe. Entonces puede decir algunas cosas.

El día de la mamá tortuga, a Griselda le costó mucho levantarse.

La cabeza. Le dolía muchísimo.

Flavia tuvo que arreglárselas como una nena grande, se preparó un vaso de leche con una abundante dosis de chocolate. Se vistió, también sin ayuda y como Griselda se lo había enseñado. Pero Flavia nunca había ido a la escuela sin su madre, por eso tamborileó contra las frazadas, por eso insistió tanto. No quería faltar a la escuela, hacía falta que su madre se levantase.

Griselda, por fin, salió de la cama.

A pesar del dolor, Griselda se vistió en silencio, sin esfuerzo. Pero esta no es la palabra. El dolor, que llevaba años en su cráneo, se había convertido de pronto en otra cosa, Griselda estaba más allá del dolor.

Sus gestos se habían vuelto mecánicos, ella iba encadenándolos sin pausa. Algo se había puesto en marcha y el primer gesto de esa mañana activó los otros. Como si alguien le hubiese dado cuerda a un reloj que llevaba mucho tiempo detenido, un reloj cuya existencia Griselda desconocía, pero al que alguien hizo andar de nuevo esa mañana. Los engranajes encajaron entre sí, se había activado el movimiento.

Griselda ayudó a Flavia a ponerse el abrigo. A introducir las manos en esos guantes azules que asomaban de las mangas y que estaban unidos al interior de su abrigo por obra de un hilo largo. También la ayudó a ponerse el pasamontañas.

Lo mismo hizo luego con Boris y con Sacha. Los abrigó, les cubrió bien las orejas, les puso unos guantes sin dedos, esos guantes que usan los niños porque son más simples. Sus dos hijos estaban todavía en pijama, pero esto no era grave, quedaban unos minutos, solo había que cruzar la calle y dejar a Flavia en la escuela que quedaba justo enfrente. Lo importante era que sus hijos se pusieran medias de invierno y unas botas por encima de los pijamas, sin dejar al descubierto ni un poco de las pantorrillas.

Cruzaron la calle juntos, los cuatro.

Griselda aún se ve a sí misma en el medio de la calle y, después, del lado de enfrente.

Sí, lo ve con claridad. Resulta raro.

Como si ella, Griselda, la que me cuenta todo esto, hubiese estado por encima del grupo que completaban sus tres hijos. Como si ese día Griselda hubiese tenido una cámara para filmar la escena desde el cielo, como si hubiera atestiguado todo aquello a través de un filtro o de un objetivo. Como si esa mañana, después de despertarse, Griselda hubiera sido un dron que volaba sobre ella misma, pese a que no existían los drones todavía. Por eso Griselda «sabe» lo que pasó. Sin recordarlo. No lo recuerda desde el interior del cuerpo que debió cruzar la calle ni desde el interior del cuerpo que condujo a Flavia, a Boris y a Sacha. No lo recuerda desde lo que ella era entonces ni desde lo que fue después. No lo recuerda desde el cuerpo que le dijo adiós a Flavia a las puertas de la escuela, antes de rehacer el camino y volver al liceo con Sacha y Boris. Sin embargo, ve todo esto. «Sabe».

De vuelta en la conserjería, Griselda prepara el desayuno para sus dos hijos, después se acuesta en el sillón, debajo de la litera de los niños. Le pesa el cuerpo, la cabeza sobre todo. Como una roca o un bloque de cemento.

Pero se pone de pie, casi enseguida, y se empieza a maquillar frente a un espejo de pie que instala sobre la mesa.

Los hijos no paran de jugar mientras tanto y, contrariamente a sus costumbres, no le piden salir. Hace tanto frío que su breve paseo les resultó suficiente. Boris y Sacha se persiguen alrededor de la mesa, la única mesa, la que sirve para todo. Uno de los dos sube a la litera y baja con una bolsa llena de coches de juguete. Hacen unas carreras sobre la mesa y por las sillas después, los coches suben por sus pies, en un sentido y en otro, esos coches tan diminutos no conocen la pesadez, pueden incluso moverse a toda velocidad con el capó contra el suelo y con las ruedas apuntando al cielo. Sus hijos gritan, imitan el rumor de los motores cuando se los fuerza al máximo. Cada cual tiene dos coches, uno en cada mano. En realidad, Boris y Sacha no corren una carrera, no puede decirse que uno de sus bólidos se encuentre delante o detrás de los demás, ellos lanzan los automóviles a toda velocidad para que avancen lo más lejos y más rápido posible, solo se trata de esto. Boris y Sacha se ríen a carcajadas.

Griselda se maquilla, mientras tanto.

Hasta que los colores le ocultan completamente el rostro.

Entonces, atraviesa el patio, se introduce en el edificio donde Claudio está trabajando. Y lo llama, en ese momento lo llama desde el umbral de la puerta. Le pide ayuda, pero él no la comprende. Claudio le dice que se vaya, la rechaza. «Fuera de acá, ¡mierda!», y Griselda se retira.

Sus pasos la conducen de nuevo a la conserjería.

Entra en el baño.

Hace correr el agua, llena la bañera hasta el tope.

Desviste a Sacha y lo mete en la bañera.

El agua se derrama por el suelo, por todo el baño.

Griselda puso mucha agua, el cuerpo de Sacha hizo que se desbordara.

El agua moja las rodillas de Griselda, posadas en las baldosas, después moja también sus muslos, como si ella compartiera un poco el baño de Sacha.

Hace falta que se ocupe de él. Hace falta que lo proteja. Hace falta que ponga a salvo a su hijo.

No termina de entender el mecanismo que esa mañana se puso en marcha, allí, delante de sus ojos.

Griselda parece flotar por encima de la bañera, ve la escena desde el cielo. Aterrorizada y muda, pero con ganas de gritar.

La mujer que ella ve ahí abajo parece muy decidida.

Hace falta que lave a Sacha, hace falta que lo preserve. Entonces apoya una mano en la cabeza del niño. Y este la deja. Una mano en la cabeza basta y sobra.

Una vez que Sacha no se mueve más, lo saca del agua, lo abraza, lo envuelve en una bata blanca que anuda rápidamente alrededor de la cintura.

También su torso se ha empapado, ahora. El torso de ella.

Se diría que Griselda viene del mar, que su hijo y ella acaban de salir del agua. Como dos náufragos, excepto que uno de los dos náufragos no respira más.

Griselda deposita a su hijo en el sillón.

Entonces nota que no le puso bien la bata de algodón. Así que deshace y rehace el nudo del cinturón en torno al cuerpo de Sacha.

Dos nudos idénticos, perfectamente simétricos, a la altura del vientre de su hijo. Sacha está a salvo.

Desde la otra punta de la habitación, Boris los mira. Por eso, sin lugar a dudas, empieza a gritar.

Boris no quiere bañarse. Por eso, sin lugar a dudas, se resiste.

Por eso, aunque es más pequeño que Sacha, a Griselda le cuesta tanto que mantenga la cabeza bajo el agua. Por eso debe desplegar todas sus fuerzas y usar ahora las dos manos.

Cuando Boris ya no se mueve, Griselda está toda empapada, de los pies a la cabeza. Cuando es el turno de que le ponga la bata de algodón, hay un charco de agua bajo sus pies.

El agua vino hasta aquí, el agua los acompaña.

Griselda deposita a su hijo en el sillón, junto a su hermano.

Y nuevamente deshace y luego rehace el nudo del cinturón que sostiene la bata blanca. Los nudos a la altura del vientre de Boris son iguales a los dos nudos que hay a la altura del vientre de su hermano.

Aunque los niños no tienen la misma edad, allí, sobre este sillón, parecen hermanos mellizos.

Se diría que, como la MADRE, Griselda tuvo mellizos. Dos mellizos que ahora descansan codo con codo.

Griselda está encima de ellos, pero al lado de ellos también, junto al sillón. Y, en cierto aspecto, acostada. Dentro del cuerpo de Boris. O dentro del cuerpo de Sacha.

Todos los fragmentos de Griselda se reúnen, finalmente, allá arriba. Quisiera gritar, aullar. Pero ese grito no existe, no puede existir, es un grito imposible.

Es EL GRITO. El grito que siempre se le ha escapado y que ahora se le escapa de manera definitiva.

Su imagen, allí debajo, sale de la conserjería.

Aparece en el patio y, casi enseguida, en la calle, al otro lado de la calle.

Es Griselda la que ahora tamborilea. Y lo hace contra la puerta de la escuela de Flavia.

No bien la conserje de la escuela le abre, ella le dice: «Vengo a buscar a mi hija. Tiene que venir conmigo».

Necesita ver a Flavia, cuanto antes.

La conserje tiene dudas.

Es que Griselda está empapada. Y en su cara se ha corrido el maquillaje.

Pese al frío, no lleva abrigo. Parece que hubiera caído en una piscina y que acabara de salir de allí. El rostro, pintarrajeado y descompuesto. Pero es la madre de una alumna que cursa allí el primer grado, así que consigue entrar. En los pasillos no hay nadie, los niños están en clase.

Griselda distingue a su hija al otro lado del vidrio, pero Flavia no ve a su madre.

Únicamente la maestra ve su cara de náufrago.

La maestra sale al pasillo.

«Tengo que llevarme a Flavia —dice Griselda—. Tiene que venir conmigo».

La maestra responde: «No, es imposible».

Griselda insiste.

«No —repite la maestra—, la clase no ha terminado».

Griselda gime. Suplica.

Pero la maestra dice no. De nuevo y de nuevo no. Entonces ella se retira, cabizbaja.

Ha dejado frente al aula un colorido charco de agua. Desde el cielo, tal como Griselda lo ve, se parece a una laguna, a un lago o a un mar revuelto.

Se retira. Deja la puerta abierta a sus espaldas.

El frío histórico no le importa en absoluto.

Esa mujer que Griselda ve desde el cielo no le tiene miedo al frío. No siente nada. O siente las cosas de manera distinta, de manera incomprensible. Indescifrable.

No se da cuenta, siquiera, de que su pelo está ahora cubierto de escarcha.

La escena termina acá.

Al pie de sus hijos tumbados en el sillón, envueltos en sus batas blancas.

De la continuación, Griselda no se acuerda. Tampoco la puede ver. La cámara encima de ella misma parece haberse apagado.

Griselda tardó en despertarse. Mucho tiempo. Muchísimo tiempo después de ese día.

II

Una generación puede aprender mucho de las que la han precedido, pero nunca le podrán enseñar lo específicamente humano. En este aspecto, cada generación ha de empezar exactamente desde el principio, como si se tratase de la primera; ninguna tiene una tarea nueva que vaya más allá de aquella de la precedente ni llega más lejos que esta [...]. De modo que ninguna generación ha enseñado a otra a amar, ni ninguna ha podido comenzar desde un punto que no sea el inicial, y ninguna ha tenido una tarea menor que la precedente.

SØREN KIERKEGAARD,
Temor y temblor

Y camino solo, en la noche, a igual distancia del cielo y de la tierra.

JEAN-LUC LAGARCE,
Tan solo el fin del mundo

Flavia

Lo que ocultan las historias

Estábamos en Le Bûcheron.

Flavia acababa de confiarme qué imágenes le habían quedado grabadas de aquel viernes 14 de diciembre de 1984. Las imágenes que marcarían el inicio de mi investigación.

Yo las había apuntado en mi cuaderno tratando de retener sus contornos con la mayor precisión: cuatro bloques autónomos precedidos de un guion, cuatro fragmentos que recogí con sumo cuidado. Como los vestigios que se desentierran, fragmentos rotos de alfarería a los que los arqueólogos dan un cepillado antes de numerarlos.

Cuatro imágenes, cuatro fragmentos de ese día.

UNO, la mamá tortuga no se despierta, por más que Flavia tamborilea contra las frazadas, por más la llame e insista.

DOS, la cabeza de su padre en la escuela, al otro lado del vidrio de la puerta, su cara sin ojos ni boca ni nariz.

TRES, los ejercicios de matemáticas que la maestra le propone a Flavia cuando se retiran los otros alumnos, esos problemas que no terminan nunca.

CUATRO, la mujer uniformada en el coche de la policía y el miedo de Flavia a que hablen de ellos en la televisión. «Ay, no, ojalá que no salgamos en la tele».

Terminé de apuntar en mi cuaderno el cuarto recuerdo y Flavia hizo un largo silencio. Dejé a un lado mi bolígrafo, la observé.

Algunas semanas antes, Flavia había celebrado sus cuarenta años.

Y, sí, ella tenía razón. Es una edad terriblemente extraña.

En nuestra primera cita, en cuanto ella tomó asiento, fue una de las primeras cosas que me dijo: «¡Acabo de cumplir cuarenta años!». Porque le costaba creerlo. Porque cuarenta años, como cincuenta, son siempre una cosa irreal para la persona que se oculta detrás de ellos.

Pero hubo algo más.

Al sentarse frente a mí, en Le Bûcheron, Flavia sin duda había tomado conciencia de la espera. De todo ese tiempo que no había hecho más que deslizarse sobre la niña pequeña que ella era.

Lo comprendí tan pronto como la miré, después de haber apuntado la cuarta imagen que Flavia conservaba de ese día.

Aunque tuviera cuarenta años, sus ojos parecían tener seis años de edad. Estábamos en Le Bûcheron y era el 1 de noviembre de 2018, pero Flavia me hablaba desde el 14 de diciembre de 1984. Y, luego de contarme lo que recordaba, hizo una pausa. Como si su silencio fuera un eco de ese día.

Entonces retomó el relato.

Empezó hablándome del encarcelamiento de Griselda.

Me dijo que solo más tarde le explicaron que su madre por entonces no vivía más con ellos porque se encontraba en la cárcel. Flavia no sabría decir cuándo se enteró de esto exactamente. Sin embargo, lo había entendido mucho antes de que se lo dijeran.

Son curiosas las mentiras que les contamos a los niños.

A menudo, ellos fingen creer las historias que les contamos para así calmar a la gente mayor. Para que los dejemos en paz, también. Si los niños les demuestran a los adultos que no son tan crédulos como ellos creen, los adultos se apresuran a remendar sus mentiras, tapan las grietas y al final cuentan patrañas aún mayores. Toda esta perspectiva desilusiona a los niños de antemano. Porque, si los adultos exageran, si llevan muy lejos la cosa, los niños sienten el deber de protestar (no hay que tomarlos, para nada, por idiotas) y el asunto se vuelve más lamentable. Es para ahorrarse todo esto que los niños, en general, fingen creer las mentiras de los adultos. Flavia sabía a la perfección que no era cierta la historia de esa mansión donde descansaba su madre. Sin embargo, cuando su padre le decía «vayamos a ver tu madre allí donde está descansando», ella respondía «de acuerdo, vayamos a ver a mamá».

Con respecto a sus hermanos, Flavia entendió varias cosas.

Después de aquella mañana, no había vuelto a ver a Boris ni a Sacha.

Para explicarle esta desaparición, su padre había mencionado un horrible accidente con el agua y la electricidad, una desgracia que había «enviado al cielo» a sus dos hermanos. Flavia sabía que esta historia del cielo tenía que ver con la muerte, pero, como la muerte es ninguna parte, ella prefería imaginar a Boris y Sacha allí arriba. Se imaginaba a sus dos pequeños hermanos sobre una nube algodonosa y regordeta, flotando justo encima de su cabeza. A menudo, ella se los representaba descalzos y con el pelo mojado, jugando con lámparas y con enchufes, riéndose a carcajadas. Pero había algo que ellos dos no tendrían que haber hecho. El agua y la electricidad no pueden ir de la mano, es demasiado peligroso. Esto pensaba Flavia cuando los imaginaba así.

Otras veces, sus hermanos no se reían en la nube. En sus manos sostenían unos cables de electricidad que eran, a decir verdad, unos relámpagos. A imagen del rey de los dioses que aparecía en su libro sobre mitología griega, su preferido. Excepto que Boris y Sacha no eran fuertes ni barbudos. Eran pequeños y, mojados como estaban, esos relámpagos no les auguraban nada bueno... «¡Basta de truenos y rayos, por favor!». Flavia cerraba los ojos. Apretaba con fuerza los párpados. Trataba de enviarles telepáticamente una advertencia a Sacha y Boris. Para que desde allá arriba la entendieran.

En el fondo, Flavia sabía a la perfección que todo esto era mentira. También sabía que lo que le habían contado o que esas cosas que ella imaginaba eran mejores, por ahora, que enterarse de lo realmente ocurrido. Mucho mejor que poner en palabras lo que había pasado ese día.

Aunque Flavia no decía nada, había comprendido un montón de cosas. Muchas más cosas que las que imaginaban los adultos.

Las pesadillas y el corazón

Tras ese día, Flavia dejó la conserjería del liceo T. y no volvió a meter los pies en la escuela donde había empezado a cursar el primer grado, allí donde conoció a quien llamó «maestra» por mucho tiempo.

Ese día, al caer la tarde, la policía dejó a Flavia en la casa de Janine, la exesposa de Claudio. Pasó una quincena allí, sin acudir a la escuela. El tiempo era largo en casa de Janine.

De los dos primeros hijos de Claudio, aquellos que había tenido con su primera mujer, únicamente el más joven, Sylvain, vivía con su madre aún. Tenía poco menos de veinte años y estudiaba Historia en la Universidad de la Sorbona. Flavia recuerda que compartió la habitación con él y no olvida su gentileza y su bondad. Lo quería muchísimo.

También recuerda que Sylvain y Janine la juzgaron más tranquila que antes, muy amable y silenciosa después de lo ocurrido ese día. «Excesivamente tranquila, demasiado... Hace falta que esta niña diga algo, que hable un poco», les había oído decir Flavia, al sorprenderlos en una de sus charlas en la cocina.

Sylvain le proponía dibujar todo el tiempo. Dibujar lo que pasaba por su cabeza o lo que había «sobre tu corazón», así decía él.

Pero Flavia no comprendía qué intentaba decirle él con «sobre tu corazón». ¿Por qué el corazón y por qué «sobre»?

Sylvain explicaba entonces: «Todo lo que se te cruce por la cabeza, incluso pesadillas, por qué no... Está muy bien dibujar las pesadillas, después se guardan las hojas en un cajón y uno se siente mejor».

Flavia no sabía, sin embargo, de qué modo dibujar sus pesadillas.

A veces creía saber el aspecto que tenían y se dedicaba a dibujarlas. Pero enseguida, de golpe, se detenía. Porque no eran así, no.

Su pesadilla jugaba a las escondidas y lo hacía maravillosamente bien.

Era muy talentosa su pesadilla, muy talentosa. Si Flavia tenía la impresión de haberle puesto por fin una mano encima, la pesadilla encontraba la manera de escapar.

«Ya no sé qué aspecto tiene, ya no le veo más la cara —decía Flavia—. Ya no sé cómo es mi pesadilla».

Entonces Sylvain le leía unas historias. Le decía: «Que hayas aprendido a leer no significa que no haya que leerte más, ¿verdad?». Los dos se sentaban con las piernas cruzadas y Sylvain se ponía a leer.

Sylvain tenía mucha razón: no era lo mismo que leer a solas. Cuando él leía, las historias fluían sin dificultad, escuchándolo ella tenía la impresión de que las imágenes desfilaban ante sus ojos, incluso cuando el libro no traía ninguna ilustración.

Flavia se acuerda muy bien de cierto día en el hogar donde habitaban Janine y Sylvain. Uno de esos días en los cuales ella sentía que se bloqueaba frente a la hoja que le había dado Sylvain para que hiciera dibujos. Si se bloqueaba era porque la pesadilla que había empezado a dibujar se evaporaba, se escondía nuevamente. Imposible continuar con el dibujo.

Sylvain, entonces, tuvo una idea.

Tomó el libro preferido de Flavia, el que ella había dejado en la pequeña mesa junto a la cama, para tenerlo siempre a mano, su libro ilustrado sobre los dioses y la mitología de Grecia. De la Grecia antigua. Y ese día, en el que estaban los dos sentados en el suelo, sobre el parquet, Sylvain le leyó a Flavia la historia de Medea.

La historia de Medea

El libro dice que Medea es la hija del rey de la Cólquida. Es una princesa que tiene un poco de diosa también, pero es sobre todo una maga. Esto es lo primero que conviene recordar. Medea conoce la naturaleza y sus secretos. Su pelo es largo y con rulos, usa collares y adornos bordados. Sus brazos también son largos y ella, Medea, los despliega y los agita.

Hasta que pronto ocurre algo más importante que la magia: Medea conoce a Jasón. Es ahí, en realidad, cuando todo comienza.

Jasón ha llegado a la Cólquida con sus compañeros, los argonautas. Han venido en busca del vellocino de oro. Y en cuanto Medea ve a Jasón, dice el libro, «un fuego violento se enciende en su corazón».

El libro habla del corazón de Medea.

El vellocino de oro está en manos de su padre, el rey. Pero Jasón lo necesita a cualquier precio. Para volverse también rey, en su tierra, en Yolco, y así reparar la injusticia que ha sufrido en su país, donde su tío Pelias ha usurpado el trono. Jasón quiere el vellocino, lo necesita.

Flavia busca a su hermano con la mirada.

—Pero ¿qué es el vellocino? ¿Qué es exactamente el vellocino de oro?

—Nadie lo sabe muy bien. Es una cosa de enorme valor, es algo como un tesoro —explica Sylvain.

Lo concreto es que el padre de Medea, como no quiere separarse de este objeto tan preciado, le responde a Jasón que, si desea poseerlo, tendrá que domar dos toros gigantes, dos bestias espantosas que arrojan fuego por la nariz y que tienen pezuñas y cuernos de bronce. Pero esto no acaba aquí. Después de amansarlos, tendrá que engancharlos en un arado y hacer que labren un campo reseco. Y esto tampoco será suficiente. Para obtener el vellocino de oro, hará falta otra hazaña, la tercera: sembrar dientes de dragón en los surcos que hayan labrado los toros.

El rey calcula que es como pedirle a Jasón que baje la luna o que detenga el tiempo para que nunca sea de noche. «Le estoy pidiendo lo imposible —razona el rey—. Jasón no podrá realizar jamás estas proezas; va a morir y el vellocino permanecerá en mis manos». El rey de la Cólquida piensa que lo protege el fuego de los toros.

Sin embargo, el rey no ha visto lo que le ocurre a su hija. No entiende nada el viejo rey.

Un fuego violento se encendió en el corazón de Medea: en esta historia, esto es realmente lo más importante.

Este fuego es más poderoso que el que expulsan por la nariz aquellos monstruos de bronce. Todavía más poderoso que el que exhalan los dragones y todas las demás criaturas. Como Medea está enamorada, nada será imposible para Jasón. Ella pondrá sus poderes mágicos al servicio de él. Ya lo está empezando a hacer, pero con la condición de que él se case con ella y se la lleve a escondidas. Jasón acepta. Porque Medea es hermosa y porque quiere conseguir el vellocino.

¿Qué lo empuja a decirle que sí a Medea? ¿Le importa más el vellocino o esa mujer que está frente a él?

Esto no tiene importancia a los ojos de Medea. Arde tanto que su fuego vale por dos. Es lo que ella se dice a sí misma.

Ahora bien, ¿no es peligroso ese fuego que los toros de bronce expulsan por las narices? ¿No es, más aún, muy peligroso?

En el fondo, Medea se ríe. Se burla de este asunto de las hazañas irrealizables. Es tan potente el fuego dentro de ella... «Todo saldrá bien, ya verás. —Y Medea suelta una risa—. Esto no es nada, Jasón. Las hazañas imposibles que mi padre pide que hagas están a tu alcance, ahora que yo estoy aquí».

Cuando llega el momento de las proezas, mientras Jasón se va aproximando a los toros y las bestias se ponen a escupir fuego, a golpear el polvo en el suelo con sus pezuñas de bronce, a amenazar a Jasón con sus cuernos tan terribles, todos sus compañeros temen por su vida. Pero Medea no teme. Ella le ha dado a Jasón un ungüento hecho con hierbas mágicas.

En cuanto Jasón llega donde están los toros, los animales se vuelven dóciles y se someten: primera proeza cumplida. Acto seguido, arrastran el arado y consiguen labrar una extensión de tierra que el rey suponía seca y estéril para siempre: segunda proeza cumplida. Entonces Jasón siembra unos dientes de dragón, que germinan de inmediato y dan el fruto de unos cuerpos vigorosos: tercera proeza cumplida. Excepto que ahora Jasón debe enfrentar un nuevo y terrible peligro. Los cuerpos surgidos de los dientes de dragón forman de pronto un ejército de hombres de una fuerza descomunal y, por obra de un nuevo milagro, «los guerreros empuñan armas nacidas con ellos», explica el libro. Los compañeros de Jasón sienten terror, los argonautas lloran. Pero Medea no tiene miedo. Ella le susurra a Jasón que arroje una piedra mágica en medio de los temibles guerreros; Jasón lo hace, cada guerrero cree que lo ataca uno de sus compañeros y se matan entre sí. «Caen víctimas de una guerra civil», afirma el libro.

Nada le resulta imposible a Jasón, ¿lo entenderá el rey? Porque nada es imposible para Medea, ¿lo ha entendido el rey?

Y, sin embargo, el rey no entiende. No tiene ninguna intención de cumplir con lo prometido: aunque Jasón ha realizado cada una de las hazañas, el rey se niega a entregarle el vellocino de oro.

Entonces, viendo que las cosas son así, Medea consigue dormir al dragón encargado de custodiar el vellocino (nada parece imposible para Medea), obtiene el valioso objeto y después, con Jasón y sus compañeros (porque Medea está ahora claramente de su lado), se marchan de la Cólquida. Con el hermano menor de Medea como rehén.

El rey está tan furioso que se lanza a perseguirlos con sus navíos.

Medea asesina a su hermano, lo despedaza y va arrojando los restos de su cadáver, poco a poco, al tiempo que sigue avanzando el barco de los argonautas. Cada vez que los hombres de su padre ven que otra parte del cuerpo del príncipe flota en el agua, se detienen y la rescatan. De este modo, Medea, Jasón y sus compañeros logran huir del rey de la Cólquida.

Cuando llegan a Yolco, sin embargo, Jasón comprende que su tío, el usurpador, no tiene la menor intención de cederle el trono, pese a que le correspondería hacerlo.

Por lo que le pide a Medea que lo castigue.

Frente a las hijas de Pelias, Medea degüella un cordero anciano, lo descuartiza y sumerge los trozos del viejo animal en una olla con agua hirviente y hierbas mágicas. De inmediato asoma de la olla, entre balidos, un cordero joven y rozagante. Increíble. ¡Medea es capaz de revertir el tiempo! «Hagan lo mismo con su padre y volverá a ser un joven vigoroso», anuncia ella. Por lo tanto, las hijas del rey degüellan al padre, lo descuartizan y echan su cuerpo en la olla de agua hirviente. Pero Pelias no reaparece transformado en un hombre joven. Acaba convertido en caldo.

Medea ha vengado al hombre que ama. Pero Medea y Jasón tienen que fugarse de nuevo. Escapar a un nuevo exilio.

Llegan así a Corinto, donde el rey Creonte les concede asilo.

Allí, Medea y Jasón son felices. Muy felices. En la historia de Medea de pronto reina la calma. Los dos están tan dichosos que el libro apenas menciona este momento de felicidad. Es el secreto de ellos dos. Un secreto de amor que ha de durar varios años. Dos niños nacen entonces, fruto de Jasón y Medea.

Todo sucede del mejor modo posible, hasta que Jasón se enamora de la hija del rey de Corinto. Y, como Jasón es fuerte y hermoso (¡Medea lo sabe muy bien!), a Creonte le encantaría que él se casara con su hija para sucederlo en el trono.

Es una oportunidad magnífica para Jasón. Para él, que no pudo ser rey en Yolco. Una princesa hermosa, un trono a su alcance. Una vida en un castillo.

El inconveniente es Medea.

Jasón trata de explicarle. Este nuevo amor, esta oportunidad para él, el refugiado. ¡Va a ser el rey de esta tierra que lo acogió! Pero hace falta, para esto, que Medea se vaya. Ella tiene que comprenderlo. Alejarse. Irse muy lejos.

Medea se desmorona.

¿Quién se cree Jasón que es?

Por Jasón, ella traicionó a su padre. Por él, se fugó de su país. Mató a su hermano. Desmembró el cadáver del joven príncipe y lo arrojó al mar.

Por Jasón, cocinó un caldo de rey. Y volvió a fugarse, otra vez.

¿Y él la abandona? ¿Por un trono y una princesa?

Pero... ¿y Medea?

¿Qué pasa con Medea, entonces?

Medea está loca de furia. Loca de dolor. Perdida.

El fuego de antaño, el fuego de siempre, se pone a arder con fuerza, con mucha fuerza.

Ahora es una gran fogata, casi un incendio. ¿No se da cuenta Jasón? ¿No comprende cuánto arde ella?

Jasón no comprende, no. No comprende hasta qué punto... No comprende el dolor infinito de ella ni tampoco de lo que es capaz ese dolor.

Y, sin embargo, Medea de pronto parece cambiar. Jasón lo cree, Jasón ya no ve su fuego.

Medea quiere homenajear a la princesa de Corinto, quiere que la princesa acepte los hijos que ella tuvo con Jasón para que ellos no tengan que marcharse, para que puedan quedarse junto a su padre. Así que Medea le envía un magnífico regalo, digno de ella, a la princesa: le envía un hermoso lienzo y una corona con hilos de oro.

La princesa recibe estos regalos toda subyugada.

Pero qué ingenua que es. Ingenua como todas las princesas.

¿Realmente cree que Medea se dio por vencida ante ella? ¿Realmente piensa que Medea ha aceptado este destino, el de eclipsarse y dejar a los nuevos tortolitos arrullarse en paz?

No, ella tampoco entiende nada. La princesa no comprende, en absoluto, el fuego de Medea.

Así que, en cuanto la princesa se engalana, la escena toma un cariz escalofriante.

Una espuma blanca brota de sus labios, sus ojos giran hacia atrás y se salen de sus órbitas. El lienzo empieza a morder la carne de la princesa de Corinto. La corona en su cabeza estalla en llamas.

La princesa se prende fuego.

Acto seguido es el turno de su padre, el anciano rey Creonte.

Después, se incendian el palacio y la ciudad entera.

Así de potente es el fuego de Medea.

Son tan intensos su dolor y su ira que Medea no logra detener el fuego.

Es más fuerte que cualquier cosa este fuego.

A tal punto que, de súbito, Medea se ve a sí misma en medio del infierno.

Ella, que tuvo el mundo entre las manos, el universo bajo su poder, arde ahora como un leño ante sus propios ojos.

Poseída por el fuego, Medea apuñala a los hijos que tuvo con Jasón. Sus propios hijos, así es. Tan insostenibles se han vuelto su cólera y su dolor.

Así acaba la historia de Medea en el libro de Flavia.

Flavia y su padre entraron luego en un periodo de errancia, viviendo aquí y allá hasta encontrar un nuevo hogar. Esta vida itinerante solo duró algunas semanas, pero en la memoria de Flavia estas semanas fueron más interminables que los años más interminables.

Ya habían ocurrido los hechos de ese día. Y, tras ello, todo se había desvanecido. Por mucho tiempo, todas las cosas se habían desvanecido.

Fue Micky quien los alojó en una urbanización pobre de Créteil, la que constaba de cuatro torres inmensas alrededor de una especie de arenero. Micky compartía tres habitaciones con sus hijos, dos chicos que se pasaban el tiempo gritando y agarrándose del cuello.

Flavia recuerda que odió vivir con ellos. Detestaba pasar ahí noches enteras, mirando el techo con los ojos muy abiertos. Temía que en cualquier momento se partiera en mil pedazos la ventana rajada de la cocina. O que la vieja estantería temblorosa y desvencijada que colgaba sobre las cabezas de Claudio y de ella cediera finalmente al desorden de los trastos de Micky: libros con tapas arrancadas, latas de cerveza vacías, fragmentos de cartón grasiento que habían servido hacía tiempo para transportar unas pizzas. Y varios pintalabios destapados, cuyo olor rancio le daba náuseas. Su padre caía dormido en el acto, apenas se acostaba en el sofá que les servía de cama. No así Flavia. Durante días y días, su cuerpo y su mente estuvieron en alerta.

Más tarde, Claudio y Flavia se mudaron a la casa de una pareja de amigos: Tonio y Carole, en la zona de Lilas. Una casa que, esta vez, se parecía a una casa. Con cortinas azules, mantel a cuadros y servilletas hechas con la misma tela del mantel. En casa de Tonio y Carole había una cama para Claudio y otra cama toda para ella. Flavia recuerda que allí pudo dormir al fin.

Hasta el día en que su padre encontró un piso en un edificio muy alto, una torre en el norte de París. No bien se instalaron allí, Flavia retomó el primer grado. Pero ahora iba a otra escuela. No podía regresar a la escuela de antes. Como tampoco podía volver al liceo T., a esa conserjería que, durante años, había sido su domicilio, su hogar natal, aquel espacio que ella conocía tan bien.

Después de ese día, todo eso había desaparecido.

La moneda

Flavia se acuerda muy bien de algunas visitas a su madre.

Siempre esperaba con Claudio en una pequeña sala antes de ver a Griselda. Se hacía muy largo, era una espera muy larga.

Se ve a sí misma sentada en un banco, moviendo las piernas como suele hacerse en un columpio, hacia delante, hacia atrás, cuando uno quiere llegar todavía más alto. Pero ella mecía las piernas en un banco clavado en el suelo y no ocurría nada.

Flavia recuerda ciertos detalles curiosos y no sabe bien por qué.

Un día, había un hombre en aquella sala de espera. Estaba sentado en el mismo banco que Flavia y Claudio. Igual que ellos, el hombre había venido a visitar a alguien. Una mujer, con certeza. Su hija, su esposa, una hermana, quién sabe. Pero una mujer, eso sí, como su madre, porque aquello había sucedido en la sala de espera de la cárcel de Fleury. Flavia sabía todo esto, aunque asimismo sabía que no debía decir nada al respecto. No había que pronunciar esas palabras: centro de detención, cárcel, unidad penal. Ni en presencia de su padre ni en presencia de su madre cuando los tres estuvieran en el salón donde solían reunirse. Su padre quería que Flavia creyera que era un lugar de reposo. Había ocurrido un terrible accidente, el agua, la electricidad; sus hermanos estaban sobre una nube, en el cielo, y ahora su madre se recuperaba, descansaba en este sitio donde ellos, para verla, primero tenían que aguardar en una sala. Esto le había dicho su padre y Flavia pensaba que debía demostrarle que él no se había equivocado. Tras el horror y el espanto de ese día, debía demostrarle a su padre que había hecho bien en contarle esta versión de los hechos. Este cuento de la casa donde descansaba su madre era la única idea que se le había ocurrido a Claudio. Este cuento la protegía, pensaba él, los protegía incluso a los dos. Flavia lo había comprendido y deseaba tranquilizar a su padre. Así que Flavia representaba bien el papel, se esforzaba para que Claudio no sospechase nada. «Se lo ha creído todo», pensaba él. «Al menos ella se lo cree», cavilaba tal vez Claudio.

Flavia mecía las piernas, como de costumbre, las dos piernas a la vez, hacia delante, hacia atrás. Y a veces una y otra pierna alternándolas, como si patinara.

El hombre que esperaba junto a ellos se aproximó.

Les dijo que tenía una hija de la misma edad que Flavia. Ella buscó a la hija con la mirada. «No, no vino aquí conmigo —explicó el hombre—. Pero te veo muy parecida a ella. Ella es hermosa y más buena que el pan».

El hombre, entonces, sacó una moneda de un bolsillo de su abrigo.

«¿Ves?», preguntó.

Flavia, en el acto, dejó de mover las piernas.

El hombre puso la moneda en la palma de su mano derecha y cerró el puño. Parecía muy orgulloso y asombrosamente satisfecho. Fruncía los ojos con una enorme sonrisa, sus cejas eran como dos acentos circunflejos encima de sus ojos grises. De pronto, el hombre trazó en el aire un círculo gigante y sopló en su puño cerrado. Apoyó el puño sobre la otra mano, apenas un instante, y exclamó: «*Voilà!*». Cuando volvió a abrir los dedos, la moneda había desaparecido. Esperaba, a todas luces, suscitar la admiración de Flavia.

Pero su truco de magia era muy fácil, ella lo había visto todo, la moneda estaba ahora en la mano izquierda, en la mano que el hombre tenía cerrada. «Está allá, en la otra mano...», dijo Flavia. El hombre soltó una mueca, tan decepcionado como ella. Había querido hacer algo de magia, pero su truco no tenía nada de mágico. Nada.

«Además de hermosa y buena, veo tu gran inteligencia —dijo el hombre—. Quiero enseñarte otra cosa...».

El hombre, entonces, sacó un papel y un lápiz negro que tenía en otro bolsillo. Depositó la moneda en el asiento, puso la hoja de papel encima de la moneda y garabateó con furia. El hombre frotaba la mina del lápiz contra el papel, con fuerza, a gran velocidad. Agitaba con tal rapidez la mano que por momentos no se la veía. La hoja fue cubriéndose de trazos grises, unos trazos que formaban algo así como una mancha.

De repente, en medio del gris, apareció la imagen de la moneda.

De la moneda que había debajo.

Se habría dicho que la moneda había traspasado la hoja. Sin embargo, la moneda seguía oculta y el papel continuaba intacto. Era realmente mágico esta vez, sí, mucho mejor que el truco de la desaparición y la reaparición de la moneda. En la hoja de papel podía distinguirse a las claras la segadora que aparecía en el reverso de las monedas de un franco. Se veía la mano derecha, la que siembra, en plena labor. Flavia no le había prestado jamás demasiada atención a esta mujer, nunca se había interesado por ella, pero esta vez era distinto. Esta vez se veía todo. Bajo su gorro frigio, la sembradora llevaba el pelo al viento. Incluso podían distinguirse los rayos de sol en el fondo. En la hoja, Flavia leyó: «República Francesa». Nunca le había prestado atención a todo esto.

Sentada en aquel banco, tuvo la impresión de que miraba una moneda de un franco por primera vez. Pese a que la moneda estaba escondida bajo un papel. Esto sí que era mágico. La moneda seguía oculta, pero Flavia la veía mejor que cuando, en muchas otras ocasiones, la había tenido ante sus ojos.

Sonrió, feliz e inquieta al mismo tiempo. En cuanto al hombre, parecía llamativamente contento. Le dio la hoja y le dijo: «Toda tuya, es un regalo».

Era su turno, por fin. Alguien les hizo una seña, Claudio y Flavia podían entrar. Las visitas para Griselda Solano, sí, eso mismo. Había llegado el turno de ver a su madre. Que por ahora vivía ahí, lejos de ellos. Porque tenía necesidad de descansar.

René y Colette

Ville-d'Avray

Fue Flavia quien me dio sus datos. «Tendrías que contactarlos, ellos te van a explicar lo que sucedió después». Se refería a su maestra de primer grado, Colette, y a su pareja, René.

Flavia me habló mucho de ellos en nuestra primera cita. Supe así que, después de ese día, Colette y René habían tomado la costumbre de ocuparse de la pequeña Flavia. Se la llevaban con ellos en vacaciones o los fines de semana. Eran como unos segundos padres. O como unos abuelos, Flavia no sabe bien cómo calificarlos.

Luego de un largo periodo durante el cual se habían perdido de vista, los padres de Flavia habían vuelto a tomar contacto con René y Colette. Flavia ignoraba cómo había ocurrido esto; el caso es que, desde algún tiempo ya, se veían a menudo. «Sería importante que los llames. Van a contarte muchas cosas».

Flavia tenía razón, era importante.

Lo confirmé la primera vez que fui a visitar a René y Colette en su casa de Ville-d'Avray.

Me recibieron en la misma casa donde Colette vivió toda su vida y donde incluso nació. Una reja, un jardín algo inclinado, una vivienda de piedra oculta detrás de unos árboles, entre ellos un enorme cedro del Líbano. Corría el mes de noviembre de 2018, era un día soleado de otoño y debajo del gran cedro el suelo estaba cubierto de unos pequeños conos amarillos y marrones.

—Colette los llama gatitos, hay muchos por todas partes —me dijo René al mismo tiempo que abría la puerta del jardín.

Cuando el clima era bueno, se instalaban al pie del cedro. Habían llegado incluso, añadió René, a almorzar ahí con Claudio, Griselda y Flavia.

René sabía que yo los visitaba para que me hablaran de sus vínculos con ellos tres.

En Ville-d'Avray me topé con un hogar cuyo desorden me resultó entrañable. Era una casa dividida en numerosas habitaciones pequeñas, algo que se ve raramente desde que la moda consiste en demoler los tabiques. Nos instalamos en un salón minúsculo, lleno de objetos que parecían tener más de medio siglo; uno de esos interiores de hogar previos a Ikea, en los que los muebles de madera oscura se llaman todavía butaca o mesa de pedestal: muebles entre los cuales hay que apretujarse cuando uno quiere pasar. Instalados alrededor de una mesa más bien pequeña y, sin embargo, muy grande para aquella habitación tan reducida (teníamos el mínimo espacio necesario para deslizar nuestros cuerpos entre las sillas y la mesada) bebimos café en unas tazas con dibujos de flores y compartimos unas galletas secas. En un rincón de la casa de Ville-d'Avray un reloj iba marcando los segundos, como en los cuentos de Gérard de Nerval.

En esta visita que hice a Ville-d'Avray me enteré de que Colette había perdido la visión. También supe cómo había ocurrido esto: antes de que habláramos de Flavia y de ese día, Colette quiso contármelo, quiso explicarme cómo se había quedado ciega.

El color del mar

Por más anciana que sea, Colette es una joven ciega. La ceguera llegó de pronto, hace menos de tres años, sin avisar. O avisando de forma discreta. Meses antes del ictus que la dejó ciega, Colette había sufrido un episodio extraño.

Era un hermoso día de junio. Colette estaba sentada en una playa del Mediterráneo, no lejos de Saint-Raphaël, en compañía de su hermana y de René. Hacían un pícnic bajo una sombrilla. El sol golpeaba con fuerza, el verano había comenzado. Los tres comían y charlaban mirando al mar y a los barcos. De repente, Colette le preguntó a su hermana: «No entiendo, ¿por qué el mar se puso negro? ¿Cómo se explica este fenómeno?». Su hermana no respondió nada por un rato, tal vez Colette no hablaba en serio, pero al final murmuró: «¿Qué estás diciendo? No ves que el mar es azul...». Colette creyó que su hermana le estaba gastando una broma. Frente a ese mar negro que tenía ante sus ojos, frente a esa imagen oscurecida de golpe, Colette no podía concebir que ella fuera la única en ver las cosas de aquella manera. Así que insistió, con ese acento parisino que hoy se oye únicamente en las viejas películas: «¿Cómo se explica este fenómeno?». Recuerda haber repetido varias veces la pregunta y también la palabra «fenómeno», convencida de que el mar se oscurecía y que eso se debía a las estrellas, a los planetas o a algún factor por el estilo. En su pregunta hubo una nota de sorpresa, pero también de contrariedad, como si exigiera cuentas a la luz y a esos colores repentinamente evaporados. Colette se enfadó y protestó reclamando explicaciones; su hermana tenía que saber, ella conocía la región. «Pero este fenómeno... Todo allí parece tan oscuro...». Su hermana le respondió: «¿De qué fenómeno estás hablando, Colette? Ahí está el mar... Frente a tus ojos. El mar azul. O, más bien, de un hermoso color turquesa...». Los demás no parecían entender a qué se refería Colette. Para ella, bajo el sol de aquel inicio de verano, el mar Mediterráneo estaba negro. Tan negro como el carbón. Sin embargo, al cabo de uno o dos minutos, la luz, el azul y los restantes colores volvieron de repente a su lugar. Y Colette no volvió a pensar en aquello.

Hasta el día en que no vio nada de nada.

Solo después de su ictus Colette cayó en la cuenta de que eso, que había sido para ella como un diálogo de sordos en una playa de la Costa Azul, debía entenderse en verdad como un anuncio o como un anticipo de su ceguera.

Tras su ictus, los médicos le dijeron que había alguna posibilidad de que recobrase la visión. Una posibilidad algo remota, en todo caso. Pero, en el fondo, ella era muy incrédula.

—Paso ahora todo el tiempo en la oscuridad... De vez en cuando llego a ver un poco de luz, si es muy fuerte. No percibo más que manchas o resplandores...

Tras un silencio, me sonrió mientras sacudía la cabeza y añadió:

—Tuve que habituarme, es así.

Desde que conocí a Colette, su voz me llamó la atención. Es asombrosamente aguda y fresca para su edad. Levemente nasal, también. Y hermosa, a imagen de ella.

Los cuadernos de René

Con ocasión de mi visita a Ville-d'Avray y con el claro propósito de refrescar su memoria, René buscó en el fondo de su casa dos viejas cajas de zapatos donde guarda lo que él llama sus cuadernos. El primero de ellos exhibe en la tapa una fecha, 1970; el último de sus cuadernos fue a parar a la caja de zapatos hace apenas algunos meses. Los cuadernos de René son unas pequeñas agendas, en verdad, de esas que pueden caber en un bolsillo. Siempre anda con una a cuestas: apunta en ella, a lo largo de los días, los encuentros y los viajes, tanto como ciertas cosas que considera importantes. En el lapso de una semana a veces aparecen dos o tres palabras, un apellido, el nombre de una ciudad. El espacio reservado a ciertos días aparece, en cambio, a tope: «almuerzo con Maurice», «compras», «correo». Releer sus cuadernos lo hace sonreír.

—A veces tengo ataques de grafómano, parece... ¿Cuándo fue aquello? Me refiero a la fecha del drama.

René también tiene un acento parisino de otros tiempos, lento y con una pizca de insolencia, a la manera de Jean Gabin. Tiene la misma forma de balancear la cabeza cuando habla, el pelo blanco y ligeramente en punta, como una especie de cepillo, y unos ojos color azul que subrayan su parecido con el célebre actor. Tiene unos dientes incisivos muy blancos y prominentes, de modo que es como un Jean Gabin anciano y con dientes de conejo.

—Fue en 1984. El 14 de diciembre de 1984.
—Un viernes, me acuerdo muy bien. A ver, a ver...

De una caja de zapatos, René rescata el cuaderno que corresponde a aquel año. Pasa las páginas rápidamente y llega al día en cuestión. Un viernes, sí. Un simple nombre, en letras mayúsculas, ocupa todo el espacio reservado para el viernes 14 de diciembre de 1984. Está escrito en diagonal y subrayado con dos líneas. Es el apellido de la familia de Claudio, Griselda y Flavia:

SOLANO

En lo que respecta a «ese día», en el cuaderno de René no hay nada más. Tampoco en los días siguientes. Ese viernes escribió aquel apellido en la libreta. Y después, durante días y días, no escribió nada más.

En su casa de Ville-d'Avray, entre su memoria y la memoria de Colette y entre los muchos cuadernos que, a medida que hablábamos, René sacaba de sus muchas cajas de zapatos, fue apareciendo una cronología: la de sus vínculos con Flavia, Griselda y Claudio tras aquel viernes de diciembre de 1984. La de sus viajes, sobre todo, en compañía de Flavia; aquellos viajes que René y Colette hicieron junto a ella después de que ocurriese la tragedia.

Ese día, Colette presintió que había sucedido algo.

Colette se acuerda muy bien: Griselda apareció en su clase, en pleno día. La vio ojerosa, con un maquillaje incomprensible, mojada de la cabeza a los pies, como si hubiera caído vestida en el agua. Esa mujer allí parada, frente a ella, parecía ausente. Entonces, pese a que Griselda era la madre de una alumna a la cual venía a buscar, Colette le dijo que no: «La clase no ha terminado, usted no puede llevarse a su hija».

Más tarde, resonaron las sirenas. Vino un bombero y después un policía. Poco a poco, por fragmentos, entendió lo que había ocurrido.

Colette se acuerda muy bien: el día del drama, a pesar de que la campana había sonado hacía rato, a pesar de que los otros alumnos se habían marchado, ella se quedó con Flavia. Y, esperando que le dijeran a quién debía entregarla, trató de ocuparla con ejercicios de matemáticas.

Muy pronto, a partir de ese día, René y Colette empezaron a llevar a Flavia en sus vacaciones, en los feriados escolares y también, a veces, durante los fines de semana. Poco a poco, conocieron mejor a Claudio. E incluso, más tarde, a Griselda.

—Cuando estaba con nosotros, Flavia me llamaba «maestra». Siempre me llamaba así, era muy gracioso. Tardó mucho en usar mi nombre. Sin embargo, después de aquel accidente, ya no la tuve en mi clase. Flavia cambió de escuela en medio de su primer grado. Y, aunque habían quedado atrás esos meses en los que la tuve de alumna, ella seguía llamándome así. Incluso en la adolescencia. «Maestra». Para Flavia, ese era mi nombre.

René y Colette, los dos, hablan de un «accidente». Y, otras veces, de una «tragedia». O de un «drama». René y Colette no saben cómo llamar a lo que sucedió ese día.

Yo tampoco.

Con ocasión de mi visita a Ville-d'Avray, René y Colette enumeraron destinos de viaje y asociaron imágenes y anécdotas a los nombres y las fechas que figuran en los cuadernos de René. Parecían felices de rememorar esos periplos y siguieron, al principio, una cronología lineal. Pero, a raíz de algún recuerdo o de cierto detalle que les evocaba otro episodio, cada tanto volvían atrás o avanzaban a grandes pasos. René se paseaba por sus cuadernos, se detenía de súbito en una página, señalaba con el dedo un nombre o incluso un detalle.

—Combloux y Sallanches, cerca del macizo de Aravis —dijo Colette.

René tomó otro cuaderno y lo hojeó rápidamente. Casi en el acto encontró la página que buscaba:

—Acá está... Combloux, agosto de 1988... También fuimos a Cherburgo, a Barfleur y a Saint-Vaast-la-Hougue.

—Lo pasamos muy bien allá, es muy hermoso Saint-Vaast... Conseguimos una casa maravillosa —dijo Colette.

—Tanto es así que volvimos varios veranos seguidos. La última vez... A ver, a ver...

El acento parisino de René y Colette proviene de otros tiempos. Hablan una lengua muerta, a decir verdad. René adquirió este acento en el barrio de Montmartre. Su forma de hablar me sorprendió de inmediato. Cada nueva frase suya me subyuga apenas empieza.

Desde que vivo en Francia tengo la impresión de asistir, con el correr de los años, a la lenta desaparición de ese francés. A la extinción de su cadencia tan particular como rizada, con sus erres tan sonoras, mucho más densas y húmedas que las de hoy. La última vez que yo había oído este acento antiguo de París quedaba lejos. Tenía un poco más de veinte años. Él era un zapatero de la calle Du Temple, en la esquina con la calle Saint-Martin. Yo habitaba en esa calle. Recuerdo mi fascinación. Pensaba que esta forma de hablar ya no existía, que solo podía oírse en las películas antiguas. Es el idioma que hablan en *French Cancan* de Jean Renoir o en algunos largometrajes de la década de los sesenta, todavía, y que después se vuelve raro incluso en la gran pantalla. Recuerdo que me sentí tan emocionada y sorprendida que, aun después de mudarme de aquel barrio, volvía a la calle Du Temple cada vez que me hacía falta arreglar algún zapato, nada más que para oír de nuevo esta forma de hablar. La tienda continúa allí, pero no el viejo zapatero. Y desde entonces yo llevaba mucho tiempo sin oír aquella lengua, aquella música. Sin oírla en vivo y en directo, quiero decir. Que Colette y René hablen de este modo, con el acento de los barrios de París que ya no existen, les da un aire de viejos sabios.

René hojea otro cuaderno. Y otro más. Su dedo índice señala una página precisa y René me busca con la mirada, visiblemente feliz.

—¡Lo encontré! La última vez en Saint-Vaast fue en 1994. A algunos les parecían una estupidez estas libretas, siempre tuve pinta de idiota tomando apuntes en ellas, ¿no, Colette? Pero a usted, ahora, esto le interesa. No fui tan idiota, en el fondo... Acá está todo...

Antes de hacer este viaje, habían llevado a Flavia a Provins, a Troyes y a Colombey-les-Deux-Églises. También habían pasado por Saint-Dié y por Gérardmer. Habían visitado el macizo de Morvan, y el distrito de Autun. Y otra vez habían viajado por la zona de Dijon, Beaune y Gevrey-Chambertin. «Como el vino, ¿sabe usted?». Tantos y tantos lugares... Sin olvidarse de los fines de semana en Fontainebleau y de los largos paseos alrededor de las lagunas de Commelles y Mortefontaine, a partir de la primavera de 1985. Por las tierras de Nerval y de Corot.

—Poco después del drama —dijo René.
—Sí, poco después del accidente —dijo Colette.

Y solo unas semanas después de ese día.

A Flavia le gustaba recorrer las inmediaciones del castillo de la Reine Blanche. La Reina Blanca. Tras su primera visita, había regresado a menudo. El lugar parecía encantarle a Flavia.

—La pasábamos a buscar y nos íbamos de excursión al bosque de Chantilly.
—Ella era buena y hermosa. Morena, pequeña, adorable. Y una gran caminadora. No se quejaba jamás. Mucho menos si se trataba de ir al bosque y de ir después al castillo de la Reine Blanche. En esos casos, caminaba muy deprisa y nos sacaba varios metros de ventaja.
—¡Muy cierto! Parecía correr...

Flavia tenía una clara predilección por ese lugar. Donde ahora está el castillo de la Reine Blanche, siglos atrás, en la Edad Media, se alzaba ya una construcción. Pero lo fundamental, lo que hoy se puede admirar, fue construido en el siglo XIX. Con sus almenas y ventanas ojivales, el castillo de la Reine Blanche, situado en medio del bosque, parece más medieval de lo que realmente es. Se parece a los dibujos que hacen los niños cuando quieren representar un castillo. «¿Usted ya fue ahí, lo conoce?», quiso saber Colette.

Conozco el lugar, en efecto. Aun antes de que Colette me formulara esta pregunta, la imagen del viejo castillo había asaltado mi memoria. Estuve, sin embargo, una sola vez a orillas de esos lagos, cerca de este castillo perdido en medio del bosque. Ocurrió hace mucho tiempo, me parece. Pero, en cuanto ellos mencionaron el lugar, se me apareció su imagen. Es un sitio que no se olvida, supongo, porque se parece a la infancia.

René se acuerda muy bien: tres caballeros decoraban la fachada y Flavia adoraba cuando René y Colette compartían con ella sus aventuras. Tanto le gustaba el lugar que era común que hicieran los tres un pícnic al borde de la laguna que hay muy cerca del castillo.

A Flavia le encantaba comer allí, junto al agua. Y, además, todo le llamaba la atención.

Por ejemplo, que, aunque se habla en general de las lagunas y los lagos de Commelles, en verdad estos quedan en Coye-la-Forêt.

Era gracioso: cuando Flavia pronunciaba *«Coye-la-Forêt»*, Colette entendía, a raíz de su pronunciación, una pregunta casi homónima en francés: *«Quoi, la forêt?»*. Trataba de explicarle a Flavia que *«Coye»* y *«quoi»*, o sea, *«Coye»* y *«qué»*, no eran lo mismo, que se escribían diferente, pero ella siempre pronunciaba *«Quoi, la forêt?»*, como si en ese lugar le naciera una pregunta: *«Qué, ¿el bosque?»*. Y Colette y René reían.

Colette sentía que ese lugar, para Flavia, parecía salido de un libro de cuentos. Que estar ahí equivalía, para ella, a entrar en una fábula.

Y además estaba el nombre de la laguna. De aquella laguna a orillas de la cual se alza el castillo de la Reine Blanche. Porque no solo se conoce a esta región como la de los lagos de Commelles, pese a que está en Coye-la-Forêt, la zona de Chantilly. Aparte de esto, la extensión de agua delante del castillo se conoce como la laguna de la Loge. Esto era realmente curioso: *loge* es la misma palabra con la que sus padres y todas las personas llamaban, en francés, a la conserjería del liceo T. «Pero, maestra, ¿dónde está la *loge*?», preguntaba Flavia cada vez que iban a este lugar.

René y Colette le explicaban que el nombre de esa laguna no tenía nada que ver con las conserjerías que Flavia había conocido de niña en París ni con esa conserjería donde ella había vivido. Ellos habían leído en alguna parte que ahí donde se alza el castillo, tiempo atrás, mucho, mucho tiempo atrás, había existido la *loge des bûcherons*: la caseta o la cabaña de los leñadores del lugar. «De allí el nombre de la laguna», según René.

Flavia entonces abría los ojos. Como si esto de los leñadores fuese alguna confirmación. «Una cabaña de leñadores como una conserjería, maestra, ¿por eso la laguna se llama *de la loge*, "de la cabaña"? ¿Es así? ¿Porque hace mucho tiempo había leñadores aquí, en una cabaña conserjería, en *Quoi-la-Forêt*?».

A través del bosque, desembocaban los tres en un cuento.

Me contaron todo esto y después, por un largo rato, Colette permaneció en silencio. El agua, las preguntas en *Quoi-la-Forêt*, la *loge*, una cabaña que se nombraba con la misma palabra que la conserjería donde había vivido Flavia y que le había dado nombre a una laguna, todo esto era demasiado a la vez. Y el nombre *Commelles*, ¿cómo le sonaba a

Flavia en su cabeza? *¿Comme elle?* O sea, ¿«como ella»? Antes de que decidieran hacer por primera vez un pícnic con Flavia muy cerca del castillo de la Reine Blanche, René y Colette no habían pensado en estas cosas. Y, sin embargo, todo estaba ahí, condensado, a orillas de la laguna. Y Flavia, que se sentía como hechizada por el lugar, siempre pedía volver allá. O les pedía que le hablasen de ese lugar, que le contaran cosas acerca de él. ¿Qué decirle? René y Colette no se sentían capaces de hablarle a Flavia de lo ocurrido ese día. No, nunca lo habrían hecho. Los lugares hablaban en vez de ellos. Y algo, por cierto, los había conducido allí. Aquel bosque, a su manera, le contaba a Flavia eso que los adultos no le podían decir. Lo que no le dirían jamás. No por ahora, en todo caso.

El silencio se prolonga. Colette está como ausente.

Sueña con los ojos abiertos en medio de las tinieblas, en medio de esa gran penumbra donde ella suele moverse. Una oscuridad en la que a veces penetra algún rayo.

Al verla así, perdida en sus pensamientos, trato de hacer que regrese con nosotros.

—Está muy bien lo que hicieron... Está muy bien que, después de lo ocurrido, se ocuparan tanto de ella... Flavia me habló muchas veces de los momentos compartidos con ustedes. Eso fue muy importante para ella.

Entonces Colette me mira, me busca con sus ojos que no ven.

—Bueno, sabe usted... No nos hicimos demasiadas preguntas. Actuamos de esta manera porque pensamos... que era lo que había que hacer. Sencillamente por eso.

El café del Marais

Quise ver de nuevo a René y Colette.

Ellos también. Y tenían una razón: acababan de encontrar otros recuerdos y otras fotos que me deseaban mostrar. Para nuestro segundo encuentro, René y Colette propusieron que no nos diéramos cita en Ville-d'Avray. Tenían ganas de pasar un día en París.

Pensé que nos podíamos encontrar en Le Bûcheron.

De pronto, vi señales por todas partes.

Castillo, *loge*, lago, *bûcheron*. Bosque, *marais*, jardín.

En el fondo, todo eso no significaba gran cosa y yo lo sabía. Una simple coincidencia de nombres y de lugares. Si en los inicios de mi investigación había citado a Griselda en un café llamado Le Bûcheron, que significa «el leñador», era pura casualidad.

Sin embargo, «leñador» y las restantes palabras aparecían en mis apuntes y volvían a aparecer desde hacía meses, resonaban como un viejo cuento de hadas en el interior de estos hechos que yo andaba investigando.

Suele haber leñadores en los cuentos infantiles. A veces, los leñadores se aventuran por el bosque y rescatan del peligro a una persona. Otras veces, ellos mismos representan una amenaza.

En el seno de la historia que yo intentaba reconstruir y entender, otra historia parecía escribirse sola.

Otra historia a la que también tenía que prestar atención. Porque cuando los hechos se ofrecen a los lectores bajo la forma de un cuento, se los puede revisitar varias veces con el fin de desentrañar el misterio que encierran.

Pensaba en Flavia pidiendo que la llevaran de vuelta a orillas de la laguna de la Loge, pidiéndoles a René y Colette que imaginaran para ella el destino de los tres caballeros del castillo de la Reine Blanche. Me imaginaba a Flavia escuchándolos con suma atención mientras hacían un pícnic junto al agua, en Coye-la-Forêt. *«Quoi, la forêt?»*, como decía ella, formulando en voz alta la pregunta que le sugería el lugar. Cerca de la antigua cabaña de los leñadores, convertida años después en un castillo con la puerta siempre cerrada.

Al escuchar el relato de Griselda, me había aproximado a un abismo. El abismo de lo insostenible, de lo incomprensible. El abismo del espanto.

Pero, ahora, en plena investigación, me calmaba haber hallado estas palabras y estos objetos.

Porque los relatos nos hacen bien.

Flavia lo supo siempre, todos los niños lo saben.

Los relatos, en el fondo, no son tan solo relatos, sino una forma de alivio.

Tan solo allí lo incomprensible consigue hacerse un lugar. Solo puede recolectarse allí, en su pequeño crisol. Para que, en el acto, nosotros intentemos observarlo.

Por esto mismo, le propuse por teléfono a René:

—Le Bûcheron, ¿lo conocen? En la calle Rivoli, casi enfrente de la estación de metro Saint-Paul.

—¿Un café en el barrio del Marais? ¡Perfecto! —respondió René.

Parecía de lo más contento: hacía mucho que no pisaban aquel barrio, que amaban particularmente. «No sé si Colette vendrá —me advirtió René—. Tiene muchas ganas de hacer una visita a París, pero iré solo si Colette se siente mal el día de nuestra cita. Se cansa muy fácilmente».

Pese a la posible ausencia de ella, me alegraba de que aquel café les pareciera un buen punto de encuentro. Yo esperaba que pudiéramos instalarnos en la que se había vuelto mi mesa, la misma donde había escuchado hablar a Flavia y, después, también a Griselda.

La hora del chocolate

Fijamos nuestra cita para el 31 de enero de 2019. Un jueves.

Entré en Le Bûcheron por la calle Du Roi-de-Sicile, minutos antes de la hora estipulada.

La mesa de mis encuentros anteriores estaba libre. Pude instalarme en el lugar habitual, en la banqueta color rojo. La mujer del retrato continuaba allí impasible, dentro de su marco dorado.

Había alcanzado a quitarme el abrigo y a desplegar el cuaderno sobre la mesa cuando vi que René y Colette aparecían por la entrada principal, la que corresponde a la dirección que suelo dar para mis citas en Le Bûcheron: el número 14 de la calle Rivoli. Es simple, es la dirección que figura en internet, «hay que cliquear en la pantalla del teléfono para que Google te guíe hasta la puerta del café». Le Bûcheron está casi frente al metro, «si uno baja en Saint-Paul, basta con cruzar la calle y caminar unos pasos hacia la torre Saint-Jacques», suelo explicar. Así de simple. Hasta los turistas conocen la calle Rivoli. Pero a mí me gusta la otra entrada, la puerta pequeña en la calle Du Roi-de-Sicile. Porque suelo ir caminando desde la zona del Marais donde vivo, pero también porque me agrada la idea de una entrada oculta. La de los clientes asiduos, la entrada clandestina, el acceso secreto que solo conocen quienes acuden con frecuencia a Le Bûcheron. La entrada que no se corresponde con la dirección oficial del café y que, ante todo, a pesar de la agitación y del ruido, me hace sentir que espero a mis invitados en un territorio propio. Esta otra entrada da paso a un espacio ligeramente elevado donde existen algunas mesas como al margen, entre la puerta que comunica con la calle Du Roi-de-Sicile y con una cocina abierta y minúscula. Unos escalones permiten descender hasta la sala en forma de largo pasillo donde se encuentra «mi» mesa.

Al ver que René y Colette llegaban juntos, sentí que en mi rostro nacía una sonrisa. Le hice una seña con la mano a René para que me reconociera y para darle a entender que me alegraba mucho verlos a los dos.

Colette se dejaba guiar por él en el pasillo angosto que separa el mostrador de la hilera de mesas.

Iban del brazo, avanzaban con lentitud hacia mí, que seguía el lento balanceo del busto de Colette. Aquel 31 de enero de 2019. Colette llevaba unas zapatillas blancas y acolchadas dignas de una adolescente, un vestido colorido, un chaleco y un abrigo de lana que hacía pensar en una capa. Su pelo claro estaba recogido en unos cuantos rizos grandes que una especie de diadema o de cinta retenía por encima de su frente, despejada por completo. Se parecía a un hada buena, de no ser por sus enormes zapatillas. El hada simpática y buena de unos barrios que ya no existen. Colette es de baja estatura, ligeramente encorvada, tiene unos ojos muy grandes de color celeste, casi transparentes, y una piel extremadamente blanca que parece atraer la luz tan fácilmente como la refleja.

No bien llegó a donde yo estaba, René desplazó la mesa, después separó dos sillas y, con sus manos y sus codos, guio a Colette hasta la banqueta roja, todo lo mejor que pudo.

Me incorporé de inmediato, entre vagos gestos de ayuda, y maldije haber elegido una mesa tan incómoda para una anciana ciega. Todo porque me había entusiasmado con el delirio de las señales y los indicios.

Los locos ven señales por todas partes, pensé. Creen que, alrededor de ellos, hay cuentos que se escriben solos: relatos que ellos deben recoger para entender al fin las cosas que les oponen resistencia.

Tendría que haber elegido otro lugar para René y Colette.

Me avergonzaba no haber tomado la iniciativa, no haberme incorporado antes y, en cambio, haberme quedado inmóvil observándolos, cautivada por su aspecto y por la luz que emanaba de Colette.

Tantas mesas y tantas sillas en una sala muy larga, sin olvidar la escalera toda empinada que conduce al subsuelo, una escalera compleja para un ciego... Pensé en todo esto mientras Colette se sentaba. Y entonces caí en la cuenta de que, al tiempo que yo saludaba desde lejos a René, Colette pasaba a escasos centímetros de una escotilla abierta en el suelo. Por suerte, René llevaba la delantera, abría el camino y Colette seguía sus pasos; en caso contrario, habría caído en el agujero y habría rodado hasta abajo. Por suerte, era resistente el cuento que se escribía solo. Le Bûcheron, ¡qué idea la mía! Por culpa de mi obsesión con los leñadores, Colette podría haberse hecho daño.

Colette se movía a duras penas. No se había quitado totalmente el abrigo cuando vi que una camarera metía barriga a espaldas de René y, contorsionando la parte superior del cuerpo, dejaba dos tazas humeantes en una mesa contigua a la nuestra. Las tazas pasaron por encima del pelo de Colette, bajo la nariz de la mujer del retrato y, por un instante, temí que se produjera una catástrofe. René pareció leer mis pensamientos, ya que me dedicó en el acto una sonrisa tranquilizadora. Controlaba la situación, yo no debía preocuparme.

Los gestos de René eran rápidos y precisos, siempre con mucha dulzura y mucho cuidado. Pese al ruido que reinaba en Le Bûcheron, en ese espacio de París que de pronto me resultaba muy estrecho y agresivo, Colette terminó de acomodarse y me pareció tan radiante como el día en que la había conocido.

—¡Quiero un chocolate caliente!

Soltó estas palabras con un tono casi infantil, como si se divirtiera.

—¿Un chocolate? Excelente idea —dijo René.

Nos reímos los tres por un largo rato, sin saber muy bien por qué. Todo parecía tan simple y complicado al mismo tiempo. Mientras la camarera se aproximaba, abrí el cuaderno, como era ya mi costumbre.

Colette no paraba de sonreír, hasta sus ojos sonreían. Cuando al fin llegó el chocolate caliente, tuve ante mí a una niñita de noventa años.

Flavia

Infelix amor. *Lo que el amor ha salvado*

Flavia me fascina.

La mujer en la que se ha convertido. La serena confianza con que se expresa.

Me gustaría decir que es fuerte, pero no encuentro palabras lo suficientemente grandes para describir su fuerza. No hay palabras a su altura.

Flavia.

Ella posee una fuerza y una valentía que yo no pensaba que pudieran existir.

Lo sé desde el primer momento: es para ella que escribo este libro.

Escribo para la niña que fue y para la que sigue siendo.

Escribo para la niña que, desde hace más de treinta años, conserva cuatro imágenes de ese día. Y que las compartió conmigo en la mesa de un café.

En nuestra primera cita en Le Bûcheron, Flavia me habló de la clase de madre que Griselda fue para ella durante todos estos años.

—Presente, amorosa. Muy afectuosa.

Flavia me miró a los ojos mientras pronunciaba estas palabras. Para asegurarse de que la entendiese, para hacerme comprender que no decía estas palabras a la ligera. «Sí, verdaderamente amorosa».

Trato de comprender. Le creo.

Pronto se cumplirán tres años de aquella primera cita. Tres años buscando caminos para escribir este libro. Para acercarme todo lo posible a lo que sucedió, sin lastimarlos, sin añadir dolor al dolor. Pero también convencida de que debo ir hasta el fin de lo que busco, hasta el fin de mi intento de comprender su historia.

Pronto se cumplirán tres años del comienzo de mis pesquisas. He tomado muchos apuntes, los cuadernos y las libretas se apilan. He preguntado, he leído, he escuchado. He buscado historias que tienen puntos en común con la de Griselda. Historias muy antiguas, a menudo. He leído y releído *Medea*, la obra de Séneca y la obra de Eurípides. Y lo que dice acerca de ella Ovidio en *Las metamorfosis*. He pensado en cuando Flavia escuchó esta misma historia, sentada en silencio junto a Sylvain. Esta historia de pasión, de locura, de violencia y de muerte. Historia de exilio, también. Por un tiempo, este libro se llamó *Infelix amor*, amor infeliz. Dos palabras que pronuncia Medea en la obra de Séneca: *Saevit infelix amor* es lo que Medea sostiene acerca de su locura y de su dolor. Y, debido a la concisión del latín, la frase queda abierta a varias interrogaciones. «Me consume mi amor desdichado —traduce Arnaud Fabre—. Mi amor se ha desatado para volverse devastador», traduce al francés Blandine Le Callet. «Rabioso amor infeliz» podría acaso traducirse en ese «latín literal» al que es afecto Pascal Quignard.

Pero Griselda no es Medea. Y la razón principal de sus diferencias es la existencia de Flavia.

Yo sé muy bien por qué este libro que escribo me resulta tan importante: por lo que el amor ha salvado. Por la niña que ese día se salvó, por la niña a quien el amor acompañó e hizo crecer. Por lo que Flavia es hoy.

He leído ensayos y estudios acerca de las madres infanticidas.

Vi varias veces *Shutter Island* de Martin Scorsese, la película inspirada en la novela de Dennis Lehane. La escena donde, ante el lago, Andrew Laeddis encuentra a su mujer. Ella está descalza, sentada en un columpio, como aturdida. Su cabello está mojado, también sus ropas. Frente a ella, el lago donde Dolores Chanal/Rachel Solando acaba de ahogar a sus tres hijos. Una niña, la mayor, y dos varones que el padre, enloquecido de dolor, saca del agua y recuesta sobre la hierba.

He leído varias noticias publicadas en la prensa. En Francia y en otros países. El espanto de una historia que se repite.

Contrariamente a Medea, la mayoría de estas madres matan ahogando, asfixiando, congelando. Sin derramamiento de sangre. Como si quisieran poner a salvo el cuerpo de sus hijos en una suerte de nido protector: el agua, el hielo. No es inusual que, después del asesinato, la madre envuelva con paños el cadáver de su hijo. Que lo cubra con una bata. Un anhelo de preservación enloquecido y criminal.

Griselda pasó pocos meses en prisión. Nueve meses, exactamente.

Su breve etapa en la cárcel fue consecuencia del azar y en absoluto de una sentencia. Fue el tiempo que la abogada a cargo del caso necesitó para que Griselda saliera del centro de detención e ingresara en un hospital psiquiátrico. Algo que la abogada se había propuesto desde que le confiaron el caso. Y, nueve meses más tarde, Griselda había ido a parar al hospital psiquiátrico de Maison-Blanche. Nueve meses, el tiempo de un embarazo: el azar escribió una cronología inquietante. ¿Griselda volvió a nacer, de manera diferente, después de ese tiempo en la cárcel? ¿Y de una forma distinta a como renació su hija?

Averigüé, gracias a Flavia, el nombre de la abogada que había defendido a Griselda. Entré en contacto con ella. «Me acuerdo del caso como si fuera ayer», fue lo primero que me dijo por teléfono. Y repitió la frase cuando nos vimos. Pero antes de seguir hablando me preguntó: «¿Y Flavia? ¿Cómo está ella?». Le di las últimas noticias que tenía. La abogada me pidió que le hablara de su trabajo, de sus fotos. «Es una muchacha magnífica, ¿verdad?». Pero no era una pregunta, la abogada solo deseaba que, antes de hablar de ese día y de su papel en el asunto, nos detuviéramos en Flavia y en lo que Flavia se había convertido. «Sí, es magnífica. Y más que eso, la verdad», le respondí. La abogada estaba feliz. Orgullosa, en cierto modo, de haber ayudado a que esto fuera posible. Entonces empezó a hablar.

De inmediato, había estado convencida de que el lugar de Griselda era un hospital psiquiátrico, no una prisión. Pero había obtenido con esfuerzo la hospitalización. Con un esfuerzo colosal. La abogada recordaba aún la energía invertida en ello. «No me di por vencida, moví cielo y tierra. Tuve incluso la impresión de mover montañas o, más aún, volcanes». Fue uno de sus primeros casos, ella era entonces una abogada muy joven.

El juicio se celebró un año y medio después de los hechos. Griselda llegó libre y salió libre porque la condenaron a cinco años, pero bajo libertad condicional. «Si añadimos que esta sentencia es por un caso de doble infanticidio, por dos niños ahogados en una bañera, uno puede quedarse ciertamente atónito», decía uno de los artículos periodísticos publicados tras el juicio. Pero detrás de este veredicto extremadamente indulgente había una apuesta: darle una oportunidad a Flavia. Ella estaba ahí, ella había sobrevivido a ese día. Y necesitaba a su madre. La muy joven abogada había logrado convencer de esto al jurado y al juez: permitir que Griselda fuera una madre para Flavia. «Y lo será, ya lo verán». Lo que sucedió después parece darle la razón.

—Fue una madre presente, amorosa. Muy afectuosa.

A menudo pienso en Flavia diciéndome estas palabras.

No puedo sino confirmarlas.

En lo más negro, en el fondo de la noche y del horror, hubo una apuesta por el amor y la vida.

El pastel de cumpleaños

En nuestra primera cita en Le Bûcheron yo le había comentado a Flavia que me asombraba que sus padres no se hubieran separado después de ese día.

Porque Claudio todavía vive con Griselda en el piso que encontró cuando ella aún estaba en prisión, antes de que la internaran en el hospital psiquiátrico. Es el mismo domicilio del que Flavia y Claudio partían para visitar a Griselda «allá donde mamá está descansando». Y, más tarde, al hospital. Griselda y Claudio nunca se mudaron de ahí.

En este mismo domicilio fui testigo de un cumpleaños de Claudio, en compañía de Flavia, Griselda y una amiga de ellos, cuando ya llevaba un buen rato trabajando en este libro. Fue una tarde en la que Claudio celebraba sus ochenta y ocho años. Nos dimos cita con Flavia para ir juntas a la casa de sus padres. Flavia compró un pastel en una confitería que queda casi enfrente de la vivienda de sus padres, un pastel de frutas muy colorido, «con todos estos colores tendrá que gustarle a papá». Y yo compré una botella de vino al lado.

Griselda pareció feliz al ver que Flavia y yo aparecíamos juntas. Nos mostró sus últimos cuadros e incluso unas esculturas. En Maison-Blanche, en el hospital, había retomado la pintura. Un día, Claudio apareció con témperas y pinceles, con telas y hasta con un caballete. Griselda había vuelto a pintar, como lo hacía en La Plata. Y desde entonces no se había detenido. Había instalado un taller en el que antes era el dormitorio de Flavia y pasaba allí casi el día entero.

Claudio se ubicó en una punta de la mesa. Flavia cortó el pastel, descorchó el vino y le sirvió a todo el mundo. Estaba sonriente, radiante, claramente contenta con ese ágape improvisado en homenaje a su padre.

La mesa era pequeña, el salón también, todos estábamos apretujados frente a unos platos pequeños. Hablamos de mil asuntos y de ninguno en particular. De pronto, con su teléfono, Flavia le sacó una foto a Claudio, lo captó junto a su porción de pastel y su vaso lleno. No lo noté de inmediato, pero Claudio llevaba un rato con el rostro orientado hacia su hija.

He observado más de una vez la foto que sacó Flavia en el cumpleaños número ochenta y ocho de su padre.

Claudio aparece a la izquierda de la imagen, lleva puesta una camisa con pequeños cuadros encima de una camiseta gris y la mesa está servida para su agasajo. Su pelo blanco y ondulado, que le cae hasta los hombros, hace pensar en los retratos masculinos del Renacimiento italiano. Pienso ante todo en un autorretrato de Rafael. Por más que es blanco, el pelo de Claudio parece el de un joven renacentista. Aunque Griselda no figura en el retrato, esta foto me ayudó a tomar conciencia del contraste entre sus peinados: el pelo corto de ella, la larga melena de él. Una barba y unos ligeros bigotes cubren apenas a Claudio y extienden sobre su cara una suerte de velo fino, poco menos que transparente. Claudio tiene unos anteojos rectangulares de montura metálica cuyos reflejos se suman a los del vaso que aparece en primer plano, recién servido. Todavía no ha probado el vino. En un instante, con la sola ayuda del teléfono, Flavia ha plasmado un retrato conmovedor. Lo que más impacta es la actitud de Claudio: frente a su porción de pastel y frente al vaso que acaba de servirle su hija, con el rostro orientado hacia ella, ha apoyado las manos sobre las rodillas, como un niño bien educado. Y espera. Se diría, incluso, que no tiene ninguna intención de moverse. El cuerpo y el rostro de Claudio parecen paralizados. Pero no es una pose, no. Esta inmovilidad proclama otra cosa. Con solo mirar la foto, se advierte que Flavia captó en su padre uno de esos momentos en los que el cuerpo revela unas verdades tan profundas como difíciles de formular. O, en todo caso, unas cosas que finalmente se dicen porque el cuerpo se encarga de ello.

Claudio parece ajeno a lo que lo rodea. El pastel en un plato de bordes dorados. La cuchara. El vaso y el líquido traslúcido, con reflejos también dorados. Los adornos a sus espaldas, la marioneta colgada en la manija de una puerta. Se diría que, en el exacto momento en que Flavia toma esta foto, nada existe para Claudio. Ni siquiera su propio cuerpo instalado en esa silla, frente al pastel de sus ochenta y ocho años. Se diría que todo parece detenido para siempre, como una naturaleza muerta. Se diría que nadie comerá el pastel ni beberá el vino. Mucho menos Claudio, que lleva un fardo sobre los hombros, una carga muy pesada que lo ha petrificado para siempre. La única cosa viviente en esta foto son los ojos del padre de Flavia. Los ojos de Claudio, impacientes, que apuntan al teléfono. Vienen de otros tiempos y miran a su hija. Claudio no puede decir nada, no lo logra, aunque en su mueca puede leerse algo. Y lo que estos ojos le dicen a Flavia es que no hay que echarles culpas. Sus ojos piden perdón, pero la tristeza es muy grande. Tan grande como el amor con que él observa a su hija, a Flavia, que lo mira fijamente desde el otro lado del teléfono.

En el liceo T.

Flavia y yo tratamos de ahondar en ese día, de acercarnos a lo que sucedió.

Para ella es una necesidad. Me lo dijo en nuestra primera cita. Ese día, por mucho tiempo, fue una suerte de gran astilla silenciosa en su memoria; pero desde hace unos meses se atreve, por fin, a examinarlo. A nombrarlo. Tras haber hecho de cuenta que nada había sucedido, tras hacerlo con una mezcla de horror y de vergüenza (sí, de vergüenza: es curioso, pero ella, Flavia, se sintió paralizada por una vergüenza infinita), por fin pudo hablar de esto con sus amigos cercanos. Pero entre su madre y ella era imposible aún abordar el tema. Impensable.

Mi libro la ayudará, pensaba ella. Quién sabe.

Yo llegué en el momento justo con mis preguntas y con nuestras citas en Le Bûcheron. Y, además, su madre también aceptaba hablar conmigo.

—No sé lo que ella y vos se dijeron al verse... Ella pasó un largo rato con vos acá, en este café, ¿no es cierto?

—Sí. Hasta el momento en que tuvimos que irnos. Prácticamente debieron echarnos...

—La llamé esa misma noche. La sentí feliz, distendida... Le hizo muy bien charlar con vos.

Flavia sonrió.

—No tardes mucho en reunir todas las piezas... ¿Cuándo vas a terminar? ¿Cuándo va a salir tu libro?

De pronto, Flavia esperaba muy impaciente que le pusiera punto final a mi libro, que llegase al fin de esta historia.

—No sé, no puedo saberlo. Hace falta que lo escriba y que mi editor lo acepte. No tengo casi nada bajo control, como ves...

Pagué nuestros dos cafés, después salimos por la puerta que da a la calle Rivoli.

—Como sea, yo me encargo del liceo.

Flavia quería que fuéramos juntas, las dos, al liceo T.

Llevaba muchos años sin volver ahí. Se preguntaba si nos dejarían entrar. «Las escuelas se convirtieron en algo parecido a una fortaleza», me comentó. Ella pensaba que teníamos que empezar enviando un pedido oficial a la dirección, lo que acaso complicaría las cosas. Pero Flavia quería volver a visitar ese lugar y sentía que era importante para el libro que yo deseaba escribir. Su idea era aprovechar y sacar unas fotos. Fotografiar ante todo ese pequeño jardín, que había sido tan importante para ellos, aunque en el fondo temía que no quedara demasiado de todo eso.

Los lugares donde Flavia vivió hasta los seis años, los lugares que fueron testigos de lo ocurrido «ese día», se imaginaba reencontrándolos dentro de su visor, separados de ella por una carcasa y un objetivo.

—¿Te parece posible? ¿Van a permitir que saque fotos?

De común acuerdo resolvimos que me ocuparía de los trámites para ir juntas al liceo T.

—Los contacto y te cuento qué me dijeron.

Apenas volví a mi casa, le escribí un extenso email a la directora del liceo T. diciendo que era escritora y que me interesaba la historia de Flavia Solano, alguien que había vivido en aquel establecimiento durante la década de 1980. Expliqué que sus padres trabajaban en esos tiempos como conserjes del liceo. Que Flavia no solo estaba al corriente de mi pedido, sino que vendría conmigo. Que, más aún, Flavia deseaba sacar fotos si el liceo la autorizaba. «Flavia Solano —añadí— es fotógrafa profesional». Y en el email incluí un enlace a su trabajo.

La directora del liceo T. me respondió de inmediato. Ella no solo sabía quién era Flavia, sino que en sus primeros tiempos en el liceo los Solano todavía habitaban allí. La directora era muy joven por entonces, los Solano aún ocupaban la pequeña conserjería cuando ella daba sus pasos iniciales como docente en aquella institución que jamás abandonó.

La directora, por lo tanto, conocía muy bien la historia. Y estaba al corriente de lo que había sucedido ese día. Los detalles que me contaba sobre sus inicios en el liceo T. eran un modo de dármelo a entender.

Sin embargo, en su mensaje ella se limitó a decir que sabía perfectamente quién era Flavia Solano, que había conocido a Flavia cuando era niña y que, «por supuesto, será un placer recibirlas a las dos».

Nada más que eso.

Ninguna mención, en su email, a ningún acontecimiento. Ninguna alusión al «dolor», a la «tragedia» o a la «desgracia» que había significado la partida de los Solano. Tan solo la confirmación de que ella estaba al corriente de ese hecho que no nombraba ni mucho menos evocaba.

La imaginé redactando su respuesta a mi mensaje.

Acaso llegó a escribir una frase donde afirmaba: «Sé muy bien quién es Flavia Solano, yo acababa de integrarme en este liceo cuando se produjo la terrible desgracia que involucró a su familia y que los obligó a partir».

La imaginaba, después, borrándolo. No, no conviene emplear esa palabra: «desgracia».

Acaso intentó enseguida: «Sé muy bien quién es Flavia Solano, yo acababa de integrarme en este liceo cuando se produjo la terrible tragedia...». No, «tragedia» tampoco. ¿«Accidente»?

Pero no, nada de accidente. Aquello no había sido un accidente.

Así que la directora había optado por una simple información, diciéndose que de este modo yo iba a entender sin problemas, que iba a completar mentalmente: «Cuando me integré en este liceo, ellos vivían ya en la conserjería».

Hubo mucha delicadeza en la rapidez con que me respondió y en las palabras que escogió.

Sin duda, había comprendido lo que me llevaba a entrar en contacto con ella.

Pero, en el fondo, yo tampoco le había dicho demasiado.

La directora probablemente entendió que le escribía con motivo de ese día. Que Flavia estaba al corriente. Que estaba incluso de acuerdo porque esa pequeña niña que ella había conocido era ahora una mujer de cuarenta años y planeaba venir conmigo. La directora quizá incluso adivinó que, horas antes de que le enviara mi email, todavía en Le Bûcheron, Flavia me había dicho:

—No me molesta que seas vos quien escriba nuestra historia. Y a mi madre, creo entender, no le molesta tampoco. De hecho...

Estábamos sentadas bajo aquel retrato de la mujer con rodete.

Flavia se había instalado en el preciso lugar donde su madre se había sentado días antes, exactamente allí donde Griselda, sin pausas, me había relatado su historia. Y, de repente, todo cobraba sentido. Las palabras de Flavia, mi cuaderno abierto en la mesa del café, todo cuanto había alrededor de nosotras. El tiempo y las voces se confundían.

—Me parece que necesito que vos escribas este libro. Y mi madre lo necesita también. Así, a través de tus palabras, ella me contará lo que pasó. Necesito que lo escribas para saberlo, por fin.

La directora tal vez había imaginado algo parecido a esta charla que tuvimos Flavia y yo. Su respuesta, aunque no decía casi nada, lo decía todo:

«Cuando me integré en este liceo, ellos vivían ya en la conserjería... Será un placer recibirlas a los dos. Por supuesto, Flavia podrá sacar todas las fotos que quiera».

Llegué un poco antes de la hora de nuestra cita. Era un miércoles.

Un mensaje de texto de Flavia me anunció: «Llego ligeramente tarde».

Aproveché para pasear por la calle, para recorrer la zona. El liceo donde vivieron los Solano se encuentra, es cierto, casi enfrente de la escuela donde Flavia empezó a cursar primer grado, en la otra orilla de una calle angosta y corta. Un escenario apretado.

Este lugar yo también lo conocí, pero tengo un recuerdo vago, lejano. No volví a poner los pies en esta calle desde 1982, pese a que vivo sin interrupción en París desde hace muchísimo tiempo. Mientras esperaba a Flavia, hice la prueba de reactivar las imágenes, quise ver si ese portal o si ese tramo de calle despertaban en mí cierto recuerdo dormido. Sin embargo, los recuerdos seguían siendo tan lejanos y borrosos como en todos estos años.

A la hora de nuestra cita, Flavia seguía sin llegar y estuve a punto de tocar el timbre. No quería entrar en el liceo sin ella. Pero, a la vez, temía que su demora complicase la visita. Así que opté por entrar y le dije a la recepcionista: «Tengo una cita, pero espero a una persona que va a llegar de inmediato». La mujer me permitió esperar en el vestíbulo.

Imagino que esta visita es muy dura para Flavia y temo una larga demora de su parte. La imagino preparándose por la mañana, llena de dudas. Los minutos pasan y pasan, yo me empiezo a decir que acaso Flavia no vendrá.

Pero viene, finalmente. Cuando ingresa en el vestíbulo donde yo me he instalado, muestra un aspecto sonriente y parece distendida. Esto me deja tranquila. Sin embargo, trae un bolso muy pequeño. Flavia no carga con ella su equipo fotográfico, pese a que en Le Bûcheron me habló de las fotos que deseaba sacar y de su miedo a que no le permitieran hacerlo.

La directora nos recibe en su despacho.

Se acuerda de Flavia cuando tenía seis años. Llegan entonces las frases consabidas sobre el paso de tiempo, tan molestas de escuchar cuando uno es joven o todavía adolescente («Pero ¡qué increíble!», «Aún la recuerdo de niña, con un gran broche en el pelo», «Usted ya era bastante alta por entonces»). Esos lugares comunes que un día nos descubrimos pronunciando, asombrados de que sean más que lugares comunes, sorprendidos de que estas frases también puedan expresar emociones y verdades.

La directora nos pide noticias del padre de Flavia, habla de las huellas que Claudio ha dejado en el liceo donde todos aún se esfuerzan por respetar esos colores tan intensos, los colores que en su tiempo él escogió para las puertas y las paredes.

—Cuando hay que darles a las puertas otra mano de pintura en color naranja o violeta, decimos que son los colores que el señor Claudio eligió. Es como si estuviera siempre aquí, como si regularmente, cada tres o cuatro años, volviera a pintar por enésima vez los muros del edificio y las puertas de las aulas.

La directora hace preguntas sobre Claudio, que trabajó tantos años en el liceo. Porque, después de ese día, Claudio siguió haciendo labores de mantenimiento en el liceo hasta que se jubiló. Es decir, que tras aquello, a lo largo de varios años, siguió activo en el mismo patio, siguió recogiendo las hojas al pie de estos mismos árboles.

Nadie pronuncia los nombres de Sacha y de Boris ni tampoco el de Griselda. Como si en la conserjería Flavia y Claudio hubieran vivido solos. Ese día, del que nadie habla, ha vuelto totalmente imposible, al parecer, el recuerdo de Griselda y de sus hijos. Como si al término de aquello, en el fondo de su noche y de su insondable misterio, Boris, Sacha y Griselda hubieran desaparecido. Los tres juntos.

Asisto casi en silencio a la charla entre la directora y Flavia, tan solo me atrevo, de vez en cuando, a intervenir con una pregunta puntual: un nombre, una fecha que deseo confirmar. Tomo apuntes como si fuera un funcionario discreto y escrupuloso.

Recorremos los pasillos. Algunas aulas están ocupadas por los alumnos de artes plásticas. El liceo tiene diversas secciones artísticas. En la planta baja veo una placa de cerámica: TALLER DE FLORES ARTÍSTICAS. Entramos porque la sala está vacía. Han armado una mesa con caballetes. Por todas partes se ven retazos de tela, pedazos de papel crepé y unas macetas transparentes con cintas, botones o perlas.

Después nos aproximamos a la antigua conserjería.

Flavia parece serena, distendida. Con una calma que me causa asombro.

—Donde estaba antes la conserjería hay ahora unas oficinas. El lugar ya no se parece a lo que usted conoció...

La directora le pregunta a Flavia si quiere entrar en la antigua conserjería. Flavia se niega. Un «no» apenas audible, que ella refrenda sacudiendo levemente la cabeza. No, no quiere entrar. En absoluto.

Comprendo por qué no trajo su cámara fotográfica.

Por mi parte, creo reconocer los peldaños que llevan a la conserjería. ¿Cuántas veces fui al liceo T. en los tiempos en que mi padre vivía allí con los Solano? ¿Cuántas veces pisé estos mismos peldaños que ahora Flavia, junto a mí, quiere evitar, estos peldaños que la alejan, como una suerte de barrera infranqueable? Lo ignoro, pero el lugar me habla. Como también las columnas frente a las puertas de vidrio en los despachos actuales. Sin embargo, no digo nada. Existen momentos, como este, en los que conviene limitarse a observar, a escuchar los ruidos de la ciudad, cercanos y lejanos a la vez. Permanecer en silencio.

René, Colette y Flavia

Fotos de Flavia.
Kaddish *para Gilbert Bloch*

Veo a René por tercera vez. Ha encontrado unas viejas fotos de Flavia. Tuvo la idea de escanearlas e imprimirlas para darme copias. «Esto acaso pueda ayudarla. Ya verá, algunas fotos son realmente hermosas», me dijo por teléfono antes de que nos viéramos. En el álbum que preparó, las fotos están dispuestas en forma cronológica.

Fontainebleau, 1985: Flavia sentada sobre una roca inmensa, con una camiseta rosa y un trozo de madera en la mano derecha, que sostiene verticalmente como un director de orquesta entre dos movimientos musicales.

Trouville, 1986: Flavia con un anorak, botas de goma y pasamontañas blanco. El mar, a menos de un metro de ella, muestra un tono como oxidado, un color excepcional. «Son fotos viejas, los colores se alteraron», dice René. En la arena anaranjada, a los pies de la pequeña Flavia, caparazones y conchas con un brillo dorado.

El mismo sitio, el mismo año, pero otro día, porque la playa de Trouville está cubierta de nieve: Flavia aparece de espaldas y Colette, a pocos metros de ella, en cuclillas. Parece que se arrojaran bolas de nieve. La sombra delante de Flavia es larga, como la sombra de un gigante. Acuclillada, Colette parece diminuta en comparación con la niña. La sombra de las piernas de Flavia se aproxima a Colette y abarca casi dos metros, como unas extensas vías ferroviarias que corrieran por la nieve. Pero el cuerpo de la niña no parece tener fin, su sombra cubre una parte del abrigo de Colette y se extiende varios metros más allá.

Morvan, 1987: Flavia subida a un columpio y René también, a su lado, como dos niños dispuestos a alzar vuelo. Flavia lleva unas lentes que parecen colgar de un elástico.

Cotentin, 1990, otro columpio, aunque ahora Flavia está de pie. Lentes oscuros, cabello mucho más largo. Vestida toda de blanco, con calcetines del mismo color, mira a la cámara con aire desafiante; a su lado, René se ha subido a una escalera hecha con sogas y maderas, asoma divertido la cabeza entre dos peldaños, pero se ve menos estable que la niña, como si le costara mucho mantener el equilibrio.

Solo la primera foto de la serie rompe el orden cronológico. René me la muestra orgulloso y me comenta: es una imagen aparte, la posible cubierta de un libro con las fotografías de Flavia.

—No está nada mal, ¿verdad? ¿No es cierto que no está mal?

Cherburgo, 1992: Flavia situada sobre algo que parece un bloque de granito. Tras ella, un paquebote todo blanco. Flavia lleva un vestido blanco con volantes y sin mangas. Es verano. Flavia, de pie, oculta las manos tras la espalda y separa la pierna izquierda, eso que los bailarines llaman segunda posición. Pero la grúa detrás de ella es lo que hace tan especial a esta foto. El brazo de la máquina se pliega sobre la cabeza de Flavia y, en una ilusión óptica, se diría que la cadena que cuelga de la máquina sostiene a la niña de lo alto de su cráneo.

—Mire esta grúa en el puerto de Cherburgo. Se diría que la pusieron allí solo para ella. Para que Flavia no se cayera, ¿verdad? No, ella no tenía que caer.

Lo más curioso, me explica René, fue la manera en que Colette y él volvieron a tomar contacto con Griselda y Claudio... René me pregunta entonces si sé de qué modo ocurrió esto. Como digo que no lo sé, empieza a contármelo.

—Hacía mucho que no los veíamos. Cuando Flavia entró en la adolescencia, no sé, con Colette sentimos que necesitaba menos de nosotros. O que necesitaba otras cosas, tal vez. Colette había estado muy cerca de lo sucedido... Y como, después de aquello, nos habíamos ocupado de Flavia todos los fines de semana e incluso en las vacaciones escolares, siempre estábamos presentes, ¿me entiende? Pasamos momentos magníficos con ella, pero de golpe sentimos... Sentimos que ellos tres querían que tomáramos distancia, que ya no deseaban vernos todo el tiempo... Colette se dijo que acaso les recordábamos cosas que deseaban olvidar... Yo, la verdad, no sé qué pensar. Como sea, en un momento dejamos de ocuparnos de Flavia y también dejamos de ver a sus padres... Hasta que un día... Fue en el año 2008, en diciembre, me acuerdo con claridad. Había muerto un querido amigo. El entierro era en Pantin, en uno de los sectores judíos que hay en el cementerio. Y entonces... No sé muy bien lo que pasó. Se me ocurre que el *kaddish* lo explica todo. El verdadero *kaddish* de los afligidos, de los que están de duelo. Yo nunca había oído hablar de ello. ¿Usted ya oyó hablar del *kaddish?* Era mi primera vez. Y ni le cuento la emoción... Fue algo que estalló de pronto. Inexplicable. Todavía siento escalofríos cuando me acuerdo. Escalofríos... Entonces, después de la ceremonia en honor a Bloch, no volví con los demás. Me disculpé y fui derecho a la recepción del cementerio. Yo sabía que los pequeños Solano estaban ahí. Nunca había visto su tumba, pero sabía que ellos dos estaban enterrados en Pantin. Fue una cosa muy repentina... Todos aquellos momentos que habíamos pasado con Flavia fue algo que también hicimos por ellos dos. Y necesitaba decírselo, ¿me entiende? Por eso es que pregunté dónde estaban los Solano. Puede parecer extraño, pero fue realmente el *kaddish*, fue el *kaddish* lo que me empujó.

Los dos niños están juntos. Y todo es de una gran simpleza, cuenta René. Hay dos rosales. Tan pronto como los vio, supo que Claudio los había elegido y los había plantado.

Se recogió frente a la tumba de los niños.

Aunque René ignoraba todo acerca de plegarias judías, en las palabras que dijo, que resonaron ese día en su cabeza, dirigidas a los niños, en todo hubo resonancias del *kaddish*. No fue algo triste. No era un asunto de muerte ni un desenlace, al contrario... Las palabras que les dijo a los dos niños ese día fueron hermosas, estuvieron llenas de luz.

Cuando acabó su plegaria, sin entender bien por qué, René arrancó una página de la libreta que, como de costumbre, tenía en un bolsillo. Escribió en ella su nombre, su correo electrónico, su número de teléfono. Y dejó el papel clavado en una espina del más pequeño de los dos rosales.

—Tres días después recibí una llamada. Era Griselda... Habían pasado unos quince años... Evidentemente, Griselda encontró mi papel clavado en el rosal. El hecho de haberlo encontrado en pleno mes de diciembre daba a entender que ella iba seguido, tal vez, a visitar la tumba de sus hijos... Un papel en la espina de un rosal a comienzos de invierno, se imagina usted... Es algo que normalmente se llevan la lluvia y el viento. Mi papelito no tenía la menor probabilidad de sobrevivir. Pero Griselda lo encontró... Aunque no me dijo nada de esto. Se limitó a llamarme de repente, sin explicar por qué lo hacía, sin explicar cómo había dado con mi número después de tanto tiempo. En consecuencia, nos vimos. Sin explicaciones ni disculpas, como si nunca hubiéramos dejado de vernos. Y desde entonces, cada tanto, nos damos cita. Vinieron incluso a casa más de una vez. Si el tiempo es bueno, comemos bajo los árboles en el lugar que usted conoce. Allá donde están los «gatitos» que le gustan tanto a Colette. Bajo el gran cedro, ¿se acuerda?

Sé que Flavia llora frente a la pantalla de su teléfono.

Ella no sabía de qué manera sus padres, al cabo de tantos años, habían vuelto a estar en contacto con René y Colette. Se lo acabo de contar. Y sé que llora, que no para de llorar.

Flavia ignoraba lo del *kaddish* y también lo de los rosales. Flavia no ha visto jamás la tumba de sus hermanos. La tumba que su madre visita a menudo.

Flavia llora.

Acaba de tomar conciencia de algo. Vive en Pantin. A unos cien metros de aquel cementerio.

Hace poco que eligió instalarse allí.

Es la primera propiedad a su nombre, la primera vivienda que pudo comprar. Es el lugar que ha elegido para vivir, el primer lugar que es suyo.

Tal vez sabía que sus hermanos también estaban en Pantin. Lo sabía vagamente. Oyó decirlo hace mucho, piensa ahora Flavia, sí, es probable... Pero la tumba, ella nunca la vio... Boris y Sacha allí mismo, a escasos metros de su casa... De pronto, ahora comprende.

Pantin. Merienda. A cuatro patas

Colette y René pasan a buscarme en coche, aguardan al pie del edificio donde vivo.

Tenemos cita con Flavia en Pantin, en la calle, al pie del edificio donde vive.

Flavia se sube al coche de René y Colette, pese a que estamos muy cerca, casi al lado del cementerio.

Pero así ocurren las cosas, como si nos esperara un largo viaje. Flavia saluda con un beso a René y Colette, también a mí, y se ajusta el cinturón de seguridad.

Nos ponemos en movimiento.

En un abrir y cerrar de ojos, René detiene su coche y nos bajamos. A apenas cien metros de la casa de Flavia.

Estamos en noviembre, es un hermoso día de otoño, un poco frío pero con sol, en el aire flota una luz dorada.

René preparó la visita. Sabe dónde está el cuadrado de la tumba que buscamos. Se trata de un solo foso, han enterrado juntos a Boris y a Sacha.

De manera espontánea, Flavia, René y yo nos ponemos a describir el lugar en voz alta, para que Colette también vea la escena.

—Es una tumba muy simple, de tierra.

—Solamente hay una cruz de madera blanca. Sin fecha.

—Una cruz muy vieja. Seguro que mi padre la encontró en algún anticuario.

—No indica ninguna fecha, es una tumba sin edad... Tiene treinta y cuatro años, pero podría tener cincuenta, cien o más. Tan solo hay dos nombres escritos con tinta negra: BORIS y, debajo, SACHA. Pero ningún apellido.

—Creo que es la letra de papá.

Colette escucha en silencio. Siente el agua bajo sus pies.

—Ha llovido mucho, parece... Alcanzo a ver bien... Ahí, el brillo...

Está orgullosa Colette porque logra ver el agua a sus pies. Así puede sumarse a la descripción de la escena. E insiste, para mi asombro. Yo pensaba que no veía más que las luces cuando estas eran muy fuertes. Pero en el agua de los charcos a sus pies parece brillar, acaso, una luz que únicamente Colette llega a percibir.

Nos dirigimos después hacia la salida y caminamos hasta el coche. Pese a que volvemos a la casa de Flavia, que sigue situada a cien metros. Pero así ocurren las cosas.

Ayudo a que Colette se instale en el asiento delantero, después me ubico detrás, junto a Flavia. Nos ponemos los cinturones. Ya estamos listos para partir.

No bien se cierran las puertas, al cabo de un breve silencio, nos ponemos a conversar como si acabáramos de encontrarnos.

—Vivo en el quinto piso, sin ascensor. ¿No será un problema para los dos?
—Ningún problema, ¡ninguno!
Es René quien ha respondido.

Colette sube ayudada por René, lentamente, pero sin pausa. Veo su rostro orientado hacia Flavia y hacia mí, que ya estamos más arriba, en el quinto piso. Colette sonríe debajo de su cabello ondulado.

—Ya llegamos, ya llegamos...

El hogar de Flavia es muy colorido. Se lo digo. La luz, en este quinto piso, hace que los colores sean muy vivaces.

—Pero el color más hermoso está en las paredes de mi habitación. De acá no lo podrás ver, vení, que te lo muestro bien... Pensé que no iba a atreverme, pero... Mirá, es hermoso, ¿no?

—Sí, muy hermoso. Hiciste bien atreviéndote a poner un color así.

Flavia preparó crepes. Nos ofrece varios potes de mermelada y nos pregunta qué queremos beber.

Como de costumbre, Colette responde que le gustaría un chocolate caliente.

Colette parece radiante. Y muy contenta, de pronto. Muy orgullosa porque subió cinco tramos de escalera hasta el hogar de su antigua alumna de primer grado. Ahora toma la merienda, tranquilamente instalada en el domicilio de Flavia con una taza de chocolate en la mano.

—No esperabas que lo lograse, ¿verdad?

—No lo esperaba, es verdad. Y, además, estabas muy poco agitada.

—Desde que perdí la vista, debí aprender a arreglármelas a solas. Me he convertido en una domadora de escalones, ¡no me da miedo ninguna escalera! En casa, si no está René, suelo subir a cuatro patas.

Colette agita los brazos como una niña pequeña. El rostro de Flavia parece iluminarse ante esta secuencia de gestos. De pronto, veo a la niña jugando con su maestra en la playa de Trouville. Colette sigue haciendo gestos, Flavia frunce los ojos y suelta una carcajada.

—Pero ¿a la hora de bajar? ¡Para bajar supongo que no funciona!
—¡Claro que funciona, Flavia! ¡A la perfección! Retrocediendo o incluso cabeza abajo. Controlo cada uno de mis movimientos, ¡te lo aseguro!

Colette agita aún más los brazos. Como desplazándose por una escalera imaginaria.

Esta vez, reímos las tres. Un largo rato. Todo parece tan simple y complicado a la vez.
Luego, Colette se inmoviliza. Está radiante, como una niña traviesa, feliz con la escena que acaba de representar para nosotros.

*

Griselda va al cementerio de Pantin. Muy a menudo.
¿Cuántas veces por año? ¿Por mes? ¿Por semana?
No se puede calcular, imposible de saber.
Lleva años haciendo el mismo trayecto. Desde ese día, repite su trayecto.

Griselda baja en la estación de metro Aubervilliers-Pantin-Quatre-Chemins. Para esto debe tomar la línea siete. La línea de color rosado que, como presenta una bifurcación en un extremo, se parece un poco a una flecha. Pero Griselda se dirige a la punta de la flecha, no a la parte donde se separan los caminos. Va hacia donde las vías avanzan sin dividirse.

Griselda conoce el camino de memoria. Una vez franqueada la verja, hay que adentrarse en un bosque.

Conoce cada árbol del camino que la lleva hasta Sacha y Boris. Los árboles brindan sus nombres a los distintos senderos: avenida de los Castaños Rojos, avenida de los Avellanos, avenida de los Arces Morados, avenida de los Tilos Holandeses. Pero, a decir verdad, no son avenidas, tan solo caminos que corren a través del bosque, a igual distancia del cielo y de la tierra.

Ya frente a la tumba de Boris y Sacha, Griselda se ocupa de los rosales. Los riega, los poda si necesitan una poda. Recoge las hojas muertas, retira las flores que se han marchitado. Cuando las rosas están en flor, las vigila muy de cerca, no sea que las orugas perturben su floración. Se encarga de los rosales. Se ocupa, en silencio, de todo lo que tiene que ocuparse. Por eso va sola a Pantin. Es importante que esté sola.

Flavia vive a pocos pasos actualmente. Está muy cerca. ¿Lo sabrá?, cavila Griselda. Sí, por supuesto que lo sabe.

Desde que Flavia vive en Pantin, tan cerca de sus dos hermanos, Griselda piensa a menudo en la *mezzanina* de los niños. En esa litera que Claudio instaló él solo en la conserjería, al mismo tiempo que instalaba la segunda, la litera destinada a los adultos, para que pudiesen vivir allí los cinco.

Vuelve a ver a los niños, ahí arriba.

En su litera, Claudio y Griselda estaban cerca, muy cerca de los niños. Era simple: bastaba con que Griselda se incorporase ligeramente en su cama para verlos.

Las literas parecían dos inmensas balsas. En aquella conserjería estaba, por un lado, la balsa de los adultos y, por el otro, la balsa de los niños.

Si otra persona tuviera que describir la imagen que ahora mismo ve Griselda (la imagen exacta que surge en la cabeza de Griselda cuando piensa en todo esto), ¿esta persona diría que las dos balsas de la conserjería estaban una junto a la otra? ¿O diría que estaban, más bien, una detrás de la otra? Griselda ignora qué palabras escogería esta otra persona.

Pero Griselda no tiene ninguna duda al respecto.

Los niños están delante. Por supuesto.

Los hijos siempre llevan la delantera.

Este libro se inspira en hechos reales. Las identidades fueron cambiadas de manera voluntaria, al igual que ciertas circunstancias, para preservar la vida actual de las personas involucradas en esta historia.

Agradecimientos

A las personas reales que inspiraron los personajes de Flavia, Griselda, René, Colette, Janine y la abogada. Gracias por el tiempo que me dedicaron, por la confianza y el coraje con que compartieron conmigo tantos recuerdos personales.

A mi editor, Jean-Marie Laclavetine, por sus consejos, su paciencia y su apoyo permanente. A Anne Vijoux por su atención y su mirada.

A Olga Grumberg y a Cathy Vidalou por haberme escuchado y leído; siempre fieles, desde hace tantos años.

A Hélène, mi primera lectora.

A Jean-Baptiste, Augustin y Émilien.

Índice

I

Claudio   9
París, diciembre de 1984, p. 9

Flavia   16
Noviembre de 2018, en Le Bûcheron, p. 16 —
Cuatro recuerdos de ese día que su memoria ha
resaltado, p. 19

Griselda   27
Regreso a Le Bûcheron, diciembre de 2018. A la
manera de Jean Seberg, p. 27 — Diciembre de 1984,
la nieve, la arena y la sal, p. 29 — La conserjería y el
jardín, p. 33 — Fuel o gasóleo, p. 35 — La Plata,
1974. Como en una película de Kalatózov, p. 41
— La MADRE y su muñeca tan rubia, p. 48 —
«Ah, cómo me hubiera gustado ser ese caballo», p. 51
— Vecinos, calzones de carne y ese hijo de puta de
don Valerio, p. 53 —La guerra con la MADRE,
p. 57 — Harta del sándwich, p. 60 — Dibujo, p. 63
— Y entonces Griselda tuvo ganas de morir, p. 65
— Todo va muy rápido, p. 72 — La fuga, p. 80 —
¿Qué pasa con Griselda, entonces?, p. 81 — Su cara
de refugiada, p. 86 — Regreso a La Plata, p. 90
— Otra vez Bobigny. El ultimátum, p. 92 — «Cómo
sigue, ya lo sabés», p. 95 — Ese día, p. 101

II

Flavia   113
*Lo que ocultan las historias, p. 113 — Las pesadillas
y el corazón, p. 117 — La historia de Medea, p. 119
— Errancia, p. 127 — La moneda, p. 128*

René y Colette   133
*Ville-d'Avray, p. 133 — El color del mar, p. 135 —
Los cuadernos de René, p. 137 — El café del Marais,
p. 147 — La hora del chocolate, p. 149*

Flavia   154
Infelix amor. *Lo que el amor ha salvado, p. 154
— El pastel de cumpleaños, p. 158 — En el liceo T.,
p. 162*

René, Colette y Flavia   171
Fotos de Flavia. Kaddish *para Gilbert Bloch, p. 171
— Pantin. Merienda. A cuatro patas, p. 176*

Agradecimientos   185

Este libro se terminó
de imprimir en
Sabadell, Barcelona,
en el mes de
abril de 2023

«Para viajar lejos no hay mejor nave que un libro».

Emily Dickinson

Gracias por tu lectura de este libro.

En **penguinlibros.club** encontrarás las mejores
recomendaciones de lectura.

Únete a nuestra comunidad y viaja con nosotros.

penguinlibros.club

Penguin
Random House
Grupo Editorial

 penguinlibros